8 fiv

FOLIOTHÈQUE

Collection dirigée par
Bruno Vercier
Maître de conférences
à l'Université de
la Sorbonne Nouvelle - Paris III

Jean Giono
Un roi sans divertissement
par Mireille Sacotte

Mireille Sacotte

présente

Un roi sans

divertissement

de Jean Giono

Gallimard

Mireille Sacotte est professeur à l'Université de la Sorbonne Nouvelle-Paris III où elle dirige le Centre de recherches sur l'œuvre de Jean Giono. Elle a collaboré aux deux volumes de *Récits et Essais* de Giono dans la Bibliothèque de la Pléiade.

ABRÉVIATIONS

Les numéros de pages entre parenthèses renvoient à l'édition Folio d'août 1994 (n° 220).

Le titre *Un roi sans divertissement* a généralement été abrégé en *Un roi* et le *Bulletin de l'Association des Amis de Jean Giono* en *Bulletin*.

Les références à l'édition des *Œuvres romanesques complètes* de Giono en six volumes dans la Bibliothèque de la Pléiade figurent sous la forme : Pléiade I, II, III, etc.

I   REPÈRES

1946

En 1946 Giono a compris. Compris que
l'humanité n'est pas belle, que l'homme
n'est pas bon, qu'une société paysanne régie
par la vertu et adonnée aux plaisirs simples
n'existe que dans les livres, Hésiode, Virgile,
des poètes très anciens, et... dans *Les Vraies
Richesses*[1]. En 1946, le retour à la terre, les
vertus domestiques, on connaît, jusqu'à la
nausée. Les gens des campagnes, des villages
ne sont pas meilleurs que ceux des grandes
villes. Giono[2], par deux fois, a connu la prison, lui qui se nourrissait d'utopies géné-
reuses, et de mots. Au début de la guerre, en
septembre 1939, au fort Saint-Nicolas à
Marseille, pour rédaction de tracts pacifistes.
En septembre 1944, à la prison de Digne,
puis à Saint-Vincent-les-Forts, près de Bar-
celonnette, pour « avoir favorisé par ses écrits
la politique de collaboration ». Ensuite il a
été assigné à résidence surveillée dans les
Bouches-du-Rhône jusqu'en janvier 1946.

Il a eu le temps de méditer sur la nocivité
des systèmes politiques, des idéologies, sur
l'absurdité rationnelle des engrenages
logiques — petites causes disparates, grands
effets pervers. Il a pu voir à l'œuvre contre
lui, contre d'autres, les jalousies, les haines
incontrôlées des moments de débâcle et de
mauvaise conscience où l'on désigne l'autre
quand on se sait coupable. L'arrivisme des

1. Essai paru en
1936 où Giono
opposait au mode
de vie inhumain et
artificiel des villes
celui des paysans
du Trièves, idéa-
lisé et magnifié.

2. Pour plus de
détails sur la biogra-
phie de l'auteur, on
se reportera au
Giono (1895-1970)
de Pierre Citron,
Paris, Seuil, 1990,
dont je me suis lar-
gement servie.

11

uns, la lâcheté des autres n'ont plus de secrets pour lui. Abandonné de tous, ou presque, lui qui fut un maître à penser, ou presque, il s'est vu désigner par ceux qui, après la terreur, organisent la terreur en retour. Il n'est pas impossible qu'on l'ait même gardé en prison un peu plus que prévu pour le protéger de quelques-uns de ces trop zélés redresseurs de torts.

Il s'est vu aussi privé de tout moyen de subsistance. En effet, à la Libération se met en place une organisation des intellectuels qui se charge de moraliser l'édition : le Comité national des écrivains (CNE). Les signataires, des résistants de la première heure, mais pas seulement, organisent le boycott de fait de tous les écrivains collaborateurs, chacun d'eux s'engageant à ne pas publier chez un éditeur qui accepterait de publier l'un de ces collaborateurs. Or, Giono est inscrit sur la liste noire, aux côtés de Brasillach, Céline, Chardonne, Drieu La Rochelle, Maurras, etc., qui, bien autrement que lui, ont pris parti pour l'Occupant.

Dès lors ses éditeurs s'inclinent et le gardent en réserve, lui avançant parfois quelque argent, sans accepter jamais de le publier. Gallimard ne peut prendre le risque de perdre tous ses écrivains résistants, Grasset a lui-même maille à partir avec l'épuration. Giono se demande comment il va continuer à nourrir sa famille. Lui qui vivait de sa plume ne voit paraître aucun de ses livres pendant trois ans : 1944-1945-1946. Pourtant il a écrit *Angelo*, *Mort d'un personnage*, commencé *Le Hussard sur le toit*, avancé *Deux cavaliers de l'orage.* Tout cela reste dans ses tiroirs. Pourquoi, au fait ?

Précisément parce que, de décembre 1942 à mai 1943, il a donné *Deux cavaliers de l'orage* à *La Gerbe,* journal de plus en plus pro-allemand, mais où ont écrit aussi Copeau, Dullin, Fargue, Cocteau, Colette, Claudel, etc., dont certains sont devenus membres du CNE. Pour le reste, il a été imprudent, fréquentant le milieu littéraire allemand lors de ses voyages à Paris — entre autres Gerhard Heller, responsable de la censure des œuvres françaises ; le journal *Signal* a publié sur lui un reportage accompagné de nombreuses photos ; la *NRF,* dirigée par Drieu La Rochelle, a essayé de l'attirer ; la presse de droite lui a fait des avances. Cependant, aucune trahison ne peut lui être reprochée, aucun acte collaborationniste, aucune prise de position politique, aucun écrit. Les dossiers judiciaires le concernant sont vides. Reste la rumeur, si facile à lancer, si difficile à effacer. Les communistes dont il fut proche à la fin de 1934 et en 1935 et qui formèrent le plus gros contingent de la première rencontre du Contadour furent ses pires détracteurs : dès 1943, une campagne fut déclenchée contre lui dans *Les Lettres françaises.* Quelles espérances avait-il déçues dont il ne fut pas maître ? Sans doute, dans ses essais d'avant-guerre s'était-il un peu trop pris pour un mage, sans doute l'avait-on trop vite pris pour un théoricien politique. Mais les seules promesses qu'il ne tint pas furent ses promesses pacifistes : il n'en avait jamais fait d'autres.

Communiste d'honneur, transformé en pétainiste puis en collaborateur d'honneur, il ne fut rien de tout cela. Il était d'abord un individualiste viscéral. Surtout, il rêvait et parlait trop. Mais à reprendre l'œuvre, on s'aperçoit qu'il a toujours su que l'homme n'est pas bon, que la terre est ingrate, que la vie est cruelle. Souvenons-nous de ses deux premiers livres :

• *Naissance de l'Odyssée*. Chez Giono, l'Ulysse si beau, si courageux, si fidèle de la légende grecque est un lâche et un menteur qui devient, par hasard et par concours de circonstances, bien malgré lui, un héros mythique. La merveilleuse histoire est bâtie sur un réel sordide : Giono l'a toujours su. Mais qu'importe ! L'écriture est une imposture ? Qu'au moins elle soit belle.

• *Colline* ensuite. Un village paisible où chacun vit à côté de ses voisins. Mais un jour la fontaine s'arrête, la terre devient hostile, le côté sombre des hommes se réveille. Les voilà ennemis, dissociés. Janet, le plus mauvais de tous, jubile, lui qui en veut à la terre entière d'être malade, privé du monde. Il trouve un substitut à son impuissance en jouissant du spectacle que donnent, autour de son lit, la peur et la méchanceté des autres. Ces autres, renouant avec des pratiques primitives cruelles, le prennent pour bouc émissaire et le tueraient, tous tacitement complices, si l'incendie ne se déclarait. Fin du conte moral : le vieux Janet meurt de mort naturelle, et c'est une sorte de miracle à l'envers ; l'incendie ranime la solidarité du groupe. Roman noir. Sécheresse tous azimuts. Au cœur de l'homme la peur et la méchanceté, et des abîmes qui, à la première occasion, sauront se révéler chez le plus clair des hommes et le *meilleur voisin*.

En 1946, Giono, renouant avec ses débuts, oublie bucoliques, géorgiques, bons sentiments et utopies : il revient à la fascination du mal, à la contemplation des monstres.

ÉCRITURE ET PUBLICATION

DATES

Le manuscrit porte les dates : « 1er septembre 1946-16 octobre 1946. » Le carnet qui l'accompagne, opus 28-29, complète : « J'ai inflexiblement, pendant ces quarante jours, maintenu ma discipline de 3 pages par jour, sauf les dimanches et cinq jours gênés par les visites et la maladie (petite grippe). » Le roman a donc été écrit pratiquement d'un seul jet, à la vitesse où Stendhal écrivit *La Chartreuse de Parme*. Avec jubilation.

LIEUX

Le manuscrit porte : « La Margotte/Manosque. »

La Margotte est une petite ferme près de Forcalquier, qui appartenait à Giono. Le carnet ajoute : « Au bout de trois jours, je commençais à m'ennuyer ; il n'y avait pas de table, rien qu'une petite table de toilette, une cuvette, un pot à eau ; j'ai écarté la cuvette et j'ai commencé à écrire *Un roi sans divertissement*. »

À la Margotte, il observe « la façon princière de vivre » qu'on a à la campagne ; il ajoute : « je veux dire princière à la Machiavel ».

Manosque : les vingt premières pages de *Noé* [1] parlent de la genèse d'*Un roi sans divertissement*, de la survie des personnages après le point final, de la façon dont Giono a vécu avec eux pendant les semaines où il écrivait dans son bureau de Manosque. Le bureau est très précisément décrit : fenêtres et vue, objets accrochés aux murs, poêle à bois, bureau. Le narrateur montre comment le monde imaginaire a envahi ce décor réel et s'est superposé à lui, sans l'effacer, sans le gêner non plus.

« Il ne s'agit donc pas autour de moi de décors peints en trompe l'œil ni de paysages en réduction [...], il s'agit d'un *monde* qui s'est superposé au monde dit réel, c'est-à-dire aux quatre murs de la pièce où je me tiens pendant que j'invente. » Les objets appartenant au « territoire géographiquement réel (dit-on) » se juxtaposent à ceux du monde imaginaire (dit-on) et peuvent en influencer le cours, ou la perception, et vice versa. Ainsi Mme Tim et tout le côté mexicain et aztèque du roman sont nés d'une carte d'Amérique centrale découpée dans *The National Geographic Magazine* et épinglée à gauche de la fenêtre en face du bureau de Giono.

1. Ouvrage qui a succédé à *Un roi*, écrit entre le 22 novembre 1946 et le 12 juillet 1947. Voir Dossier, p. 157.

PLACE DANS L'ŒUVRE

En 1946 Giono est en train d'écrire *Le Hussard sur le toit*, mais après le début foudroyant (déclenchement et avancée du choléra), son roman se trouve dans l'impasse : il ne sait comment aborder les amours d'Angelo et de Pauline.

Il passe à *Un roi* qu'il écrit donc avec facilité, ce qui lui fait concevoir l'idée de produire un conte de ce type par mois, à publier en Amérique, pour des raisons de survie financières puisque, en France, on ne le publie pas. Projet sans suite. Mais il a écrit aussi dans son carnet en septembre 1946 : « Je pourrai publier chaque année un petit roman court — ainsi écrit — style récit — avec des foules de renseignements, le tout intitulé « Chroniques ». *Le Roi* serait Chronique I. » Il ferait alors alterner ces chroniques et des livres exposant « les vagabondages dans la vie actuelle de l'auteur et montrant son imagination en acte ».

À *Un roi* succédera donc *Noé* dont la fin annonce *Noces*, qui ne sera pas écrit. Pas plus que les suites envisagées pour *Un roi*, comme *Charge d'âme*, contant les amours de Cadiche, une fille de Mme Tim. En fait, la chronique suivante sera *Les Âmes fortes*. *Noé* n'aura pas de postérité. Langlois, le personnage d'*Un roi*, réapparaîtra cependant dans les *Récits de la demi-brigade*, sous le nom de Martial, capitaine d'une brigade de gendarmerie et récitant de ces six récits policiers (écrits entre 1955 et 1965).

PUBLICATION

La première partie du roman a été publiée, en préoriginale, dans le numéro 2 des *Cahiers de la Pléiade*, en avril 1947, sous le titre : « Monsieur V., Histoire d'hiver ». En dépit de la campagne menée contre Giono, Jean Paulhan s'est en effet efforcé de l'aider et d'œuvrer à réparer l'injustice qui lui est faite.

Le roman est paru, dans son intégralité, aux éditions de la Table ronde en février 1947. Cette petite maison, récemment créée par Roland Laudenbach, éditait aussi des *Cahiers* dirigés par Thierry Maulnier, et possédait, elle, une image de droite. Un contrat assurait à Giono la sortie de 2 700 exemplaires de demi-luxe.

L'édition ordinaire ne fut publiée qu'en janvier 1948, chez Gallimard, dans la collection Blanche. L'édition définitive est celle du volume des *Chroniques romanesques* (Gallimard, 1962).

INTRIGUE

La construction d'*Un roi sans divertissement* est très déconcertante pour l'amateur de romans traditionnels.

Trois pages d'introduction donnent la parole à un narrateur-enquêteur qui campe quelques données essentielles au récit (lieu, personnages, atmosphère) et installe les grands thèmes à venir (la cruauté surtout). Puis l'intrigue démarre et environ un tiers du livre est consacré à l'histoire de M. V. qui, s'ennuyant à mourir dans son village de Chichiliane, va se divertir à tuer au village voisin. Il finit exécuté par le héros-gendarme, Langlois.

À ce premier récit, très cohérent, presque linéaire, succède abruptement un deuxième : un an plus tard Langlois, à peu près méconnaissable, revient dans le même village comme commandant de louveterie. Il faut admettre que les loups, dont on n'avait guère entendu parler jusque-là, sont devenus un grave sujet de préoccupation. De nouveaux personnages passent au premier plan. Le procureur royal, Mme Tim, qui partagent avec Saucisse le rôle d'anges gardiens de Langlois. L'épisode, un peu plus diffus, mais calqué sur le premier (sang versé, traque, mise à mort), se termine par une battue à l'issue de laquelle Langlois tue le loup de deux balles de pistolet dans le ventre, exactement comme M. V.

La troisième partie, beaucoup plus complexe, mêle les époques : des épisodes qui se situent bien longtemps après la mort de Langlois, comme le combat quotidien de Delphine et de Saucisse, précèdent des épisodes bien antérieurs à cette mort, comme la visite à la brodeuse, la fête à Saint-Baudille chez Mme Tim, l'expédition à Grenoble de Langlois et Saucisse où celle-ci lui trouve une femme, le suicide de Langlois au *bongalove*.

Certes, entre ces trois parties les éléments de cohérence ne manquent pas : Langlois et Saucisse sont des protagonistes permanents ; l'unité de lieu, un village du Trièves et ses proches alentours, reste forte ; chaque épisode se clôt sur une mort violente, M. V., le loup, Langlois, dont celui-ci est le responsable ; les couleurs théâtrales rouge, blanc et or passent d'un décor à l'autre ; nombre de thèmes sont constants, etc. Il s'agit bien d'un roman.

Mais le système narratif est fauteur de troubles. Le narrateur-enquêteur reconstitue une aventure vieille d'un siècle à partir de témoignages oraux et d'intuitions personnelles. Toute information est sujette à caution. Quel crédit accorder à sa reconstitution des faits ? Qui sont vraiment ces personnages ? Comment interpréter leurs gestes ? Quel sens donner en fin de compte à ces trois récits successifs, à ces trois morts ?

II LA QUESTION DU GENRE

ROMAN POLICIER ?

C'est l'idée qui s'impose au début de la lecture. Une série de meurtres a lieu dans un village isolé, sans mobile apparent. Les gendarmes viennent. Leur capitaine enquête et trouve des débuts d'indices. La suite montre la découverte du coupable, son arrestation et son exécution.

L'ennui, c'est que le schéma du roman policier ne concerne que le premier tiers du roman. Et à y regarder de plus près, ce tiers même échappe largement aux lois du genre. Ainsi, ce n'est pas Langlois, le capitaine de gendarmerie, qui découvre le meurtrier, mais un villageois, Frédéric II. Le gendarme, à cette occasion, se comporte même de façon assez ridicule, et la scène où Frédéric, qu'il croyait enlevé et mort, vient l'avertir de sa découverte appartient au genre grotesque. Langlois perd contenance et parle « très bêtement, d'une petite voix enfantine » (p. 76). Après quoi il se ressaisit et confisque la découverte. Mais c'est alors un bien étrange gendarme que celui qui, une fois le meurtrier débusqué, fait justice lui-même, alors qu'il y a des tribunaux pour cela, comme le font remarquer avec bon sens les villageois.

Ce manquement volontaire à la déontologie devient, dans la lettre de démission de Langlois, un regrettable « manque de sang-froid » ayant entraîné un « terrible accident » — une bavure —, en somme. Alors que la scène a montré exactement le contraire. Et nul n'y trouve à redire. La hiérarchie accepte le fait. Pis, le procureur, complice, est ensuite aux petits soins pour le gendarme-assassin.

Giono emprunte un genre, pour le pervertir, puis l'oublier très vite. Fausse piste.

OPÉRA BOUFFE ?

Giono lui-même nous engage vers cette autre piste. En effet, sur la page de garde du manuscrit, il avait écrit en sous-titre : « Opéra bouffe », mot biffé par la suite. De plus, les carnets rédigés à l'époque d'*Un roi* désignent souvent l'ouvrage en cours sous ce terme. Robert Ricatte, qui a réfléchi à la définition et interrogé Giono[1], pense que cette indication renvoie au genre de l'opéra pratiqué par Mozart qui insère dans une trame et un style sérieux, et parfois tragique, des éléments divertissants, voire bouffons.

1. Voir à ce propos, dans Pléiade III, p. 1284-1286, sa « préface aux *Chroniques romanesques* ».

Or le roman est un livre plein de violence, de peur, de sang et de mal, mais c'est aussi un livre familier dont les personnages, en majorité paysans, ont les pieds sur terre, des préoccupations quotidiennes, un langage ordinaire, voire ordurier, qui déteint parfois sur celui du narrateur. Les personnages, même les plus hantés par les choses de l'âme, sont parfois traités à la limite de la caricature — Langlois, nous le disions, mais aussi le procureur royal, énorme et d'une « légèreté aéronautique », au même titre que Saucisse dont le nom, l'activité, le physique font un personnage avant tout truculent, et même Mme Tim, tout aussi grosse. Leur corpulence insolite donne lieu à des scènes d'allure comique : la scène dans la souillarde qu'à deux, Mme Tim et Saucisse, remplissent complètement (p. 189-191), la promenade à trois (avec le procureur) dans le château où l'ébranlement produit par leurs « trois gros corps » (p. 202) déclenche le « grelottement » d'une collection d'instruments anciens. Et pourtant ils agitent alors des questions de vie ou de mort. Quand la porte du café se ferme, quand le quotidien, fait de vieux cracheurs autour du poêle, est évacué, non sans quelques haut-le-cœur, alors se posent à eux toutes les vraies questions — « la marche du monde », la difficulté de vivre, d'être un homme séparé —, alors s'ouvre la porte de la métaphysique.

Giono, dans la même scène, dans le même personnage, mêle les genres avec un évident plaisir.

La qualification d'Opéra bouffe mettrait aussi en évidence la composition musicale du livre. Quelques scènes brillantes, très colorées, rouge et or, rythmant l'action : l'automne dans le Trièves, la messe de minuit, la battue au loup avec le chœur des villageois, le dîner au grand restaurant de Grenoble. Des récitatifs, solos narratifs du « je », et des dialogues à deux ou trois personnages qui se donnent la réplique.

On peut donc explorer cette piste avec quelque apparence de sérieux. Mais Giono a finalement barré « Opéra bouffe » et remplacé ces deux mots par un seul : « Chronique ».

CHRONIQUE ?

Il l'a laissé sur le manuscrit qu'il a voulu considérer comme le premier d'une série à écrire. Dans la préface à l'édition des *Chroniques romanesques* publiée en 1962[1], il s'est expliqué sur le terme et sur ses ambitions.

1. Pléiade III, p. 1277-1278.

Un roi devait marquer une étape dans la construction de son œuvre. La première partie avec *Colline, Un de Baumugnes, Regain, Le Chant du monde, Le Grand Troupeau, Batailles dans la montagne*, lui avait servi à créer, à partir d'un territoire réel, *grosso modo* la haute Provence et le Trièves, « un Sud imaginaire, une sorte de terre australe ». Désormais il lui fallait « donner à cette invention géographique sa charpente de faits divers (tout aussi imaginaires) », ou encore représenter « tout le passé d'anecdotes et de souvenirs dont il avait par [s]es romans précédents composé la géographie et les caractères ». On est donc d'emblée bien loin des chroniques médiévales à la façon de Commynes et de Froissart, loin des historiographes royaux, bien qu'il s'agisse, dès le titre, d'un roi.

Sans doute trouve-t-on dans le roman quelques repères chronologiques plus précis que dans les œuvres précédentes. L'histoire se passe sous la monarchie de Juillet, pendant trois hivers successifs : 1843-1844-1845. Elle ne prête guère cependant à la reconstitution d'une époque ou d'une société. Le roman de Giono n'est pas un miroir qu'on promène le long de la grand-route. L'auteur, dans la préface, parle non pas d'histoire mais d'anecdotes et de faits divers. Le narrateur, lui, affirme avoir consulté « [s]on ami Sazerat, de Prébois », auteur imaginaire de « quatre ou cinq opuscules d'histoire régionale sur ce coin du Trièves » (p. 12), dont la matière première est celle des chroniques judiciaires locales. Giono, dans les années quarante, est un grand lecteur des *Causes célèbres*, des *Mémoires* de Vidocq. C'est bien le fait divers, extraordinaire et sanglant, qui l'intéresse, mais non pas pour dresser, comme Stendhal, un état des lieux et du temps. À ses yeux l'intérêt du fait divers est que, sous une apparence anecdotique singulière, il exprime sur un mode frappant, superlatif, une donnée inattendue ou cachée qui renseigne pourtant sur l'homme en général. Cet historien, de Prébois, qui est un moraliste, dit bien que l'aventure de M. V. n'a pas été consignée dans les livres par censure volontaire, car « on n'est jamais sûr qu'à un moment ou à un autre on ne sera pas poussé à quelque extravagance » (p. 13).

Alors, chronique si l'on veut, mais au sens de fait divers extraordinaire à portée universelle. Autrement dit, chronique à la Giono.

ESSAI DE PSYCHOLOGIE CLINIQUE ?

Au départ, le personnage central du roman est l'assassin qui rôde, M. V., et Langlois, qui arrive plus tard, est un peu délaissé par la narration, et même maltraité. Mais dès que la culpabilité de M. V. est établie, celui-ci disparaît, et la vedette passe désormais à Langlois qui s'installe symboliquement au centre du village — pour mieux voir, en principe. En fait, c'est lui qui devient le centre du guet de tous les autres personnages jusqu'à la fin, et même au-delà de sa mort. Comme si M. V. lui avait passé le relais. Mais le relais de quoi ? De sa névrose, de son mode de divertissement qui consiste à désirer voir le sang couler — de préférence, pour raisons esthétiques, sur la neige —, et à passer à l'acte. *Un roi* est, en effet, le roman d'une contagion morale et physique. Une fois enclenché le processus des meurtres, rien ne peut plus arrêter M. V., aucun principe moral, aucune crainte d'aucun châtiment. Langlois, qui à force de l'imaginer le comprend, l'arrête et le satisfait en lui donnant amicalement la mort. Ce faisant il devient un tueur et prend en charge le mécanisme qui se continue en lui. En dépit des efforts de ses amis qui, en connaissance de cause, lui proposent des divertissements de substitution, en dépit des dérivatifs qu'il se trouve lui-même, il sait qu'il est lui aussi le portrait de M. V., qu'il contemple si longuement chez la brodeuse, et que rien ni personne ne pourra l'arrêter.

Lorsque Giono se met à écrire son nouveau roman, il est, en fait, bloqué dans l'écriture du *Hussard sur le toit* et cherche à surmonter ce blocage par un divertissement, un autre récit. Mais, sous une forme neuve, sans s'en apercevoir, il écrit le même livre. Le début du *Hussard sur le toit* conte les progrès foudroyants d'une épidémie de choléra dans une région de Provence ; *Un roi* conte l'histoire de contaminations successives dans le Trièves. Certains actes, le plaisir pris à certains spectacles, sont aussi décisifs sur les âmes que l'effet des microbes sur les corps. *Le Hussard sur le toit* ne saurait cependant rester une monographie épidémiologique. La rencontre d'Angelo et de Pauline de Theus fera passer le choléra du statut de sujet central à celui de toile de fond pour la naissance d'un amour. Mais l'âme, prise par le plaisir de tuer, est incurable. Les périodes d'espoir de rémission, la recherche de palliatifs, toujours insuffisants, formeront la trame entière et les épisodes de ce roman qui pourrait s'appeler : « Chronique d'une contagion mentale dans un village du Trièves ».

CONTE MORAL ?

Mais c'est d'abord, sans doute, de l'impossible guérison d'une âme malade qu'il faudrait parler. Car tant qu'il ne s'agit que de désir ou de pulsion de mort, tout peut encore être sauvé, l'âme n'est touchée qu'en des régions très profondes, la pulsion refoulée peut n'avoir aucune occasion de se réveiller. M. V., trop gravement atteint, ne peut attendre de rémission que dans la mort qu'il accepte avec gratitude. Le loup se conforme au même schéma. Reste Langlois qui pourrait s'abriter moralement derrière sa fonction pour tuer.

Impunément. Mais en tuant M. V., il a commis le contraire d'une maladresse : un acte bien conscient. Il sait désormais que son mal, connu, canalisé, est trop installé et qu'il devra un jour ou l'autre cesser de tuer des loups ou des oies pour tuer du gibier plus intéressant ; il décide donc de s'immoler lui-même avec le plus de violence possible. À sa façon il est donc une figure christique [1], il prend tout le mal sur lui, il se veut seul cou-

1. Jean Arrouye a évoqué cet aspect dans son article « Les divertissements d'Auld Reekie ou l'infra-texte gionien », *Jean Giono. Imaginaire et écriture*, Aix-en-Provence, Édisud, p. 141-154. Cf. Dossier, p. 177.

pable et non pas, comme Jésus, victime. Lui qui a été «accueilli comme le Messie» (p. 157) a commencé par barrer la route à Frédéric II qui, loup en puissance, n'est pas devenu assassin. Puis il a beaucoup rôdé, toujours à sa façon, autour de la messe où se célèbrent la mise à mort du Christ et le rachat de l'humanité pécheresse. Lors de la battue, au milieu de la violence générale, parmi les torches semblables à des colombes (le texte insiste sur cet oiseau d'arche et de Saint-Esprit), il s'avance, les «bras étendus en croix» (p. 142), en prononçant le seul mot de «Paix!» qui apaise les hommes, les bêtes et la nature, et il prend sur lui le péché de tuer pour la deuxième fois. Enfin, lorsqu'il est convaincu que son mal est trop profond, qu'il ne pourra pas échapper au destin de M. V., dans un dernier acte héroïque il refuse ce que M. V. et le loup ont accepté à ses dépens, qu'on lui apporte la mort «sur un plateau». Celui qui accepterait fraternellement de l'abattre hériterait de son mal et de son destin, il le sait. Il se donne la mort tout seul, épargnant ses amis, et si les bras du Christ en croix embrassaient tout l'espace de la terre, la tête de Langlois prend, elle, «les dimensions de l'univers» (p. 244). Mais, ce faisant, il ne rachète ni lui-même ni personne car le mal court. Les combats à mort de Delphine et de Saucisse le prouvent.

Le curé du village avait bien raison de le regarder de travers. Le point de vue de Langlois sur la messe n'a rien d'orthodoxe, pas plus que le point de vue de Giono sur le Christ, on s'en doutait.

Roman policier, opéra bouffe, chronique, essai clinique, conte moral, *Un roi* est un peu tout cela à un moment ou l'autre, par un aspect ou un autre. La question du genre n'est pas tranchée, et ne peut l'être, sauf à donner aux mots un sens qu'ils n'ont pas d'habitude. *Un roi sans divertissement* est un roman de Giono. Point.

III GIONO ET PASCAL

Le titre du roman et la dernière phrase qui le complète sont empruntés aux *Pensées* de Pascal. Plus exactement à la section II, principalement consacrée aux « puissances trompeuses », au divertissement et à l'ennui, bref à la misère de l'homme. La pensée numérotée 142, parmi d'autres, porte sur le sujet paradoxal de la misère des rois : «... qu'on laisse un roi tout seul, sans aucune satisfaction des sens, sans aucun soin dans l'esprit, sans compagnie, penser à lui tout à loisir ; et l'on verra qu'un roi sans divertissement est un homme plein de misères. Aussi on évite cela soigneusement [...] ; c'est-à-dire qu'ils sont environnés de personnes qui ont un soin merveilleux de prendre garde que le roi ne soit seul et en état de penser à soi, sachant bien qu'il sera misérable, tout roi qu'il est, s'il y pense[1] ».

Pascal écrit pour les libertins qui s'étourdissent de plaisirs à la cour, pour qui le roi est un soleil, le plus heureux des mortels en tout

1. Voir Dossier, p. 166.

cas ; et il leur dit : en vérité il n'y a pas de roi, ceux que l'on croit heureux comme des rois sont en fait malheureux, sinon comme les pierres, du moins comme de pauvres paysans. Sans doute, ils ont plus de moyens que les autres de (se) faire illusion, mais ils partagent la misère essentielle qui est le lot commun. Mieux vaut, puisque nous y serons confrontés tôt ou tard, regarder en face cette vertigineuse misère de la condition humaine, et parier que Dieu existe et nous introduira à l'autre monde, sans misère et sans divertissement, où l'on voit Dieu, à l'heure de notre mort. En fin de compte, si Dieu n'existait pas, nous y aurions gagné, au moins, de vivre non dans l'illusion mais dans la vérité. Résumons encore : il n'y a pas de rois, le divertissement est un cache-misère inutile et vain ; la contemplation de cette misère doit nous conduire vers Dieu.

Giono, lui, ne s'intéresse ni à Dieu, ni au problème de la foi et du pari, ni aux libertins. Sa citation est un détournement de référence à des fins personnelles, de romancier.

UN ROI

Qui est le roi plein de misères — ou pas — du roman ? Apparemment personne. Le seul roi en titre, celui qui règne lors des événements, est Louis-Philippe. Le matin de l'exécution, le jour se lève dans la mairie d'où Langlois et ses hommes ont guetté M. V. ; le buste de Louis-Philippe se détache de l'ombre. « " Roi ! " dit Langlois. Il a l'air de dire : Et après ? » (p. 82).

En effet, comme Langlois, M. V. ou Frédéric qui sont des humbles, il est sûrement, ce roi bourgeois, plein de misères. Inversement, la phrase peut aussi signifier : nous aussi nous sommes des rois, comme toi. Rois, tous les personnages du roman le sont en effet, si l'on y prend garde.

• M. V., l'assassin, n'est qu'un villageois, cossu, de Chichiliane, mais quelque chose en lui dit qu'il est un roi. Sa façon de marcher après le meurtre de Dorothée, ce pas qui pour « les gens d'ici [...] signifie contentement, richesse, préfet, patron, millionnaire » (p. 69), tous titres équivalents. Sa silhouette aussi qui, sous les yeux de Frédéric, domine le monde au sommet de l'Archat, tout entourée de jets « de lumière blanche », « de longs rayons de poussière blanche » (p. 67). C'est lui le vrai soleil dans le brouillard, homme transfiguré en Dieu, en saint, en roi, par cet artifice lumineux que les peintres appellent gloire. À la fin, chez sa veuve, devenue brodeuse, « un très beau fauteuil de tapisserie très fraîche ; une table de jeu d'un luxe inouï en marqueterie d'ivoire et d'ébène » (p. 170) ; et un majestueux portrait en pied, proposeront les vestiges de sa royauté passée.

• Langlois est un simple capitaine de gendarmerie mais tout en lui est royal : son comportement, sa façon d'être, son autorité surtout. Lorsqu'il se charge de l'arrestation et de l'exécution de M. V., tout ce qu'il accomplit est illégal, mais comme s'il était, par nature, au-dessus des lois. Voir la manière dont il traite, en subalterne, le maire de Chichiliane : « Donnez-moi la clef de votre salle de délibération [...]. Donnez la clef, ordre du roi » (p. 80).

Dans la deuxième partie du roman, Langlois revient, désormais commandant de louveterie. Son costume, son gibus, sa façon de monter à cheval, son comportement distant et son autorité le placent à la fois en marge et au-dessus des villageois qu'il intimide, et qui l'observent et semblent lui faire une haie d'honneur. C'est lui le stratège impeccable de la chasse au loup, organisée comme une chasse à courre (divertissement de cour). C'est vers lui que tous les regards se tournent lorsqu'il entre dans le plus grand restaurant de la place Grenette à Grenoble, et alors il suffit d'être « avec lui » pour « être quelqu'un ». Du reste, lorsqu'il souhaite se marier, Saucisse, pour rire sans doute, évoque la possibilité de lui trouver « une reine de France [...]. Une poulinière brevetée. Une pisseuse d'arbre généalogique » (p. 218). Et dans *Noé*, Giono ajoute qu'à la fin Langlois, entre chevaux mongols et commutateur électrique, « saigne à corps perdu comme un guillotiné », pareil à Louis XVI, le dernier des vrais rois.

• Saucisse : ancienne prostituée de Grenoble, reconvertie en aubergiste du *Café de la Route*, l'humble café de l'humble village, elle est à première vue le contraire d'une reine. Pourtant, toute vieille, laide, énorme qu'elle est devenue, elle est capable de métamorphoses extraordinaires. Lors de la chasse au loup, les villageois n'en croient pas leurs yeux. Avec sa robe « qui n'aurait pas déparé les Tuileries » (p. 117), elle est une dame et

« elles pouvaient toutes y venir, et les reines, et les archi-reines » (p. 121). Impériale et distante, elle est méconnaissable. De même, en route vers Saint-Baudille, pour la fête, « dans [s]es atours », elle commente : « le roi n'était pas mon cousin » (p. 192) ; et Langlois ajoute : « Ouvre [ton ombrelle] et fais la duchesse. » D'ailleurs, jusqu'à la fin de Langlois, elle s'identifie de plus en plus à Mme Tim, issue d'une classe sociale bien supérieure.

• Mme Tim a été élevée dans « un couvent espagnol très célèbre qui donnait l'éducation supérieure à toutes les filles de bonne famille du Mexique » (p. 106). Douée d'une autorité naturelle, elle régente en douceur sa famille et ses amis. On l'appelle « la Capitaine ». On dit : « C'est une dame. » Elle envoie ses ordres, son traîneau, ses invitations, de son château, vers son château. Le jour de la chasse, elle porte en casque rouge sa capeline de velours. Femme d'un qui peut « parader comme [...] César » (p. 105) mais qui, lui, n'existe guère, elle est, comme Saucisse, impériale.

• Le procureur royal : sa condition est, d'emblée, indiquée par son titre. C'est « un gros bonnet », « cabriolet entièrement passé à la pâte au sabre » (p. 101), accompagné en permanence d'un groom qu'on voit de loin à sa livrée, « célèbre jusque dans les massifs les plus désertiques » (p. 102). C'est un personnage important dans tous les sens du terme.

Tous les quatre, Langlois, Saucisse, Mme Tim, le procureur, selon l'expression de Saucisse, tiennent leur « place dans le quadrille » composé pour eux dans un petit village du Trièves, comme s'ils dansaient à la cour de Versailles (p. 206).

Ils ne dansent pourtant que devant la foule vulgaire des *paysans* qui semblent n'avoir d'autre souci que leur foin, leurs pommes de terre, eux que Saucisse traite de « canaris » sans cervelle (p. 188), et de « bouseux » (p. 191). Voire. Même ces paysans ont des dispositions pour la royauté, la noblesse. Cela se trahit dans leurs noms et titres : Romuald, Pierre-le-Brave, des prénoms nobles, des surnoms de chansons de geste.

Témoin surtout Frédéric II, l'un des personnages importants de notre roman. D'où sort-il ? Fils de Frédéric Ier, et même de toute une lignée qui remonte au moins jusqu'à Louis XIV, toujours le Roi-Soleil, et père de Frédéric III, il appartient à une dynastie. Il faut se garder de le prendre pour un simple scieur de planches, ou même pour le propriétaire d'une scierie. Il peut beaucoup mieux, nous le verrons. Tout d'abord il devrait être Frédéric XII, au moins, puisque son origine se perd dans la nuit des temps et des rois. C'est cette bizarrerie qui nous indique son origine vraiment royale.

Giono, travaillant à son roman, lisait les *Pensées* de Pascal.

Parions qu'il les lisait dans l'édition Brunschvicg, à l'époque la seule bonne édition de Pascal, à la fois savante et bon marché, puisqu'elle faisait partie de la collection des Classiques Hachette. Or une note de cette édition, attachée à la pensée 139, sur le roi sans divertissement « plus malheureux que le

moindre de ses sujets qui joue et se divertit »,
nous renvoie à deux textes de Voltaire qui
raisonnent sur le même sujet. Le premier
appartient à son discours « De l'égalité des
conditions » et le deuxième à l'épître XXXII
qui semblerait s'en démarquer. Et la note
rappelle que l'épître en question était adressée à... Frédéric II, le roi de Prusse philosophe. Belle origine pour notre Frédéric.

Voici cette note de l'édition Brunschvicg :

« Comme l'indique Ch. Gidel, Voltaire a successi-
vement et reproduit et combattu cette réflexion. Dans
son discours *De l'égalité des conditions*, il écrit :

" Être heureux comme un roi ! " dit le peuple hébêté ;
Hélas, pour le bonheur que fait la majesté ?
En vain sur ses grandeurs un monarque s'appuie ;
Il gémit quelquefois, et bien souvent s'ennuie.

Mais dans l'épître XXXII, il se ravise ; il est vrai qu'il
s'adresse à Frédéric II.

Blaise Pascal a tort, il en faut convenir ;
Ce pieux misanthrope, Héraclite sublime,
Qui pense qu'ici-bas tout est misère et crime,
Dans ses tristes accès ose nous maintenir
Qu'un roi que l'on amuse, et même un roi qu'on
    aime,
    Dès qu'il n'est plus environné,
    Dès qu'il est réduit à lui-même,
Est de tous les mortels, le plus infortuné.
Il est le plus heureux s'il s'occupe et s'il pense. »

Ainsi la première proposition de Pascal est-
elle, par Giono, retournée en son contraire.
Le premier disait : tous les hommes sont
misérables, même et surtout les rois. Le

second affirme : tous les hommes, même et surtout les plus humbles, sont des rois. Ils le sont si bien le matin de la battue que le texte confirme : « Louis-Philippe serait venu à genoux nous demander un service, on l'aurait envoyé au bain. Et comment ! » (p. 121). Ce n'est pas le titre qui fait le roi.

ENNUI

Pour Pascal l'ennui est de nature métaphysique. Il apparaît dès que cesse le divertissement, « le bruit et le remuement ». Aussitôt, voilà l'homme ramené à « considérer et faire réflexion sur ce qu'il est », à apercevoir soudain comme un abîme, « le malheur naturel de notre condition faible et mortelle, et si misérable, que rien ne peut nous en consoler » (pensée 139).

Pour Pascal, point d'autre alternative : soit le divertissement sous d'innombrables formes, soit la contemplation épouvantée de « notre malheureuse condition ».

Pour Giono l'ennui est à prendre dans un sens plus quotidien, moins philosophique. Il signifie le sentiment qui s'abat sur l'homme le jour où il s'aperçoit qu'il est pris au piège dans un lieu dont on fait vite le tour, une ville de cinq mille âmes — Manosque, ou un village encore plus réduit, dans un métier que le père exerçait, qu'exercera le fils, dans une famille où le mariage, en une minute, vous a casé, avec tout ce que cela entraîne d'habitudes mentales, de conduites routinières, surtout si le village est petit, surtout si l'hiver est long.

Giono place ses personnages dans une situation de dénuement extrême, durant l'hiver de 1843, un des plus rigoureux que l'on ait connus. Il a refermé l'espace méthodiquement autour de ces quelques maisons : par-dessus, les nuages « tassés », « très lourds », oppressants ; tout autour, le brouillard et les nuages qui ont resserré le champ de vision. La neige a parachevé le travail : « Tout est couvert, tout est effacé, il n'y a plus de monde, plus de bruits, plus rien » (p. 15). Du tout au rien. Voilà une situation plus radicale encore que celle de la prison dont parle Pascal, un désert glacé qui dérive, où l'homme fait l'expérience de la solitude, du froid, de la peur.

Alors, l'homme de Pascal livré au désespoir de son propre néant se tournerait vers Dieu qui est toute présence, toute consolation, sens dernier, et qui permet le dépassement de l'ici-bas vers un monde spirituel au-delà.

L'homme de Giono, lui, cherche son royaume ici-bas, avec les moyens de survie que lui offrent ses sens, son intelligence, son imagination, toutes puissances trompeuses ou limitées selon Pascal, et sa survie dépend alors de la qualité de son divertissement.

DIVERTISSEMENT

Pascal le méprise ouvertement, il le ramène aux jeux d'enfants : courir le lièvre, attraper une balle, jouer petit chaque matin, faire attention où l'on met les pieds en dansant.

Quelle misère en vérité, la misère sans doute de l'homme de cour. L'homme de la campagne est distrait par ses travaux, semailles et moissons, par le spectacle des saisons, miracle du printemps, splendeurs de l'automne. Mais il a chaque année devant lui le long temps mort de l'hiver et il sait que le divertissement est une chose sérieuse, que cela se gagne, ou se construit, avec les moyens du bord qui sont comptés. Alors de peu, on fait beaucoup.

Callas Delphin-Jules en offre le degré le plus rudimentaire. Pour échapper au terrible sort d'être à jamais le mari d'Anselmie, sorte de « mule antédiluvienne », avec qui il reste figé sur une photo de mariage, il a conquis de haute lutte le droit d'aller « se poser sur le fumier » pour faire ses besoins et d'y rester longtemps, et d'y fumer sa pipe. Au besoin naturel il a joint le plaisir artificiel, la pipe, attribut du père, de Langlois et de Giono. La pipe, divertissement des poètes, dernier îlot de liberté, dernier motif de résistance, un peu de chaleur et de rêve. Pour lequel l'épicier brave la mort. Anselmie lui a laissé une heure avant de s'inquiéter et de prévenir les gendarmes. Cette heure-là était à lui.

Frédéric II fait mieux. Tous les matins il gagne deux heures, et sans se geler, dans la tiédeur et l'odeur du café. Il profite du sommeil de sa famille et de sa scierie pour se faire explorateur de ces continents miniatures que sont les tiroirs, dessus de cheminées, boîtes, étagères. Un jour il y découvre une petite horloge oubliée dont il remet le mécanisme en marche en introduisant une petite clef dans l'œil d'une petite bergère et d'un petit berger qui y sont peints. Ce geste équivoque qui ranime le mouvement et la vie mais qui ressemble à un geste de meurtre lui cause un étrange plaisir. Est-ce vraiment un hasard si, dans la scène suivante, c'est lui qui découvre le tueur ? La traque qui s'ensuit livre dans tous ses détails la métamorphose au cours de laquelle le scieur de planches, « heureux d'une nouvelle manière extraordinaire » (p. 70), dévoile son âme de loup. Frédéric était doué. Mais Langlois, qui l'est davantage, ne lui laissera pas le temps de tirer profit de ses dons et lui confisquera ses découvertes.

Dans ce domaine de l'évolution considérée sous l'angle du divertissement, le chaînon le plus accompli sera représenté par la caste des *rois-loups*. Ceux-là ont découvert ces régions de la passion que les anciens appelaient démesure, et qui consiste à se mêler de ce qui alors ne regardait que les dieux. Là on se donne droit de vie et de mort sur les autres et sur soi : en faisant couler le sang des autres, c'est le meurtre avec ses variantes légales, la guerre (Langlois soldat a participé à la conquête de l'Algérie), la justice (le procureur royal est habilité à requérir la peine capitale) ; en faisant couler le sien, c'est le suicide où l'on se passe de l'accord des dieux et où l'on décide pour soi. Cela, seuls le risquent les rois, non pas les seigneurs, gens de cour et de société, mais les solitaires qui ont longtemps contemplé leur âme ou en ont compris, par hasard, le mécanisme. Ceux qui, habitués à se bâtir une vie avec peu, ne se content pas de peu pour leurs rêves, ou du moins tirent de ce peu richesse et royaume, puissance et gloire à usage personnel. L'errant de grand chemin, la prostituée reconvertie en tenancière de café perdu, s'ils ont trouvé leur divertissement essentiel, sont plus rois que les rois.

Placé sous le signe de Pascal, ce roman procède à une démonstration inverse. Sans doute l'homme est mauvais et il est un loup pour les autres et pour lui-même ; sans doute il est misérable. Mais il est grand car il est libre et possède une belle imagination. Cette puissance trompeuse est la clef de sa grandeur. L'invention dans le divertissement est même la plus noble de nos facultés. C'est à la qualité de son divertissement qu'on reconnaît la qualité de l'homme, c'est à la folie de l'enjeu que l'on mesure sa noblesse, c'est à l'intensité du plaisir qu'on apprécie la subtilité du jeu. Dans l'apothéose de la passion où il se perd, l'homme, joueur, assassin, romancier, est brièvement un dieu. Qu'a-t-il à faire d'un paradis dont rien ni personne ne peut garantir l'existence, pas même Pascal, qui assurément n'y reconnaîtrait pas ses *Pensées* ?

IV   JEUX DE
        CONSTRUCTION

« Jusqu'ici, j'avais écrit des histoires qui
commençaient au début et se suivaient, j'en
avais assez. Ça m'a séduit de mélanger les
moments. J'ai voulu ajouter un piment,

1. Pléiade,   III,
p. 1291.

m'amuser », confie Giono à Robert Ricatte[1].

Il va donc emprunter au roman policier la
technique de l'enquête menée, au-delà de
l'histoire de M. V. et de ses crimes, sur celle
de Langlois et de son suicide. Le lecteur
devra se faire une opinion à travers les
divers témoignages rassemblés par le narrateur. Mais, première difficulté — ou premier piment —, les pièces du dossier appartiennent à des époques très diverses, assez
voire très anciennes, confiées à une tradi-
tion orale toujours sujette à caution.
Piment supplémentaire, les témoins ont
participé à l'action de façon parfois centrale, comme Saucisse, parfois péri-
phérique, comme les vieillards ; certains
l'ont vue avec les yeux de l'amour (Saucisse), d'autres avec ceux de l'imbécillité
(Anselmie). Comment s'y fier ? D'autant
que, suivant les techniques du roman américain cette fois — à l'époque Giono lit
Faulkner —, les héros, M. V. et Langlois,
sont privés d'intériorité et que leurs actions
sont parfois présentées comme incompréhensibles. Le lecteur se trouve donc dans la
situation de l'ajusteur des pièces d'un
puzzle que l'auteur s'est ingénié à rendre

non jointives, à moins qu'il n'en ait supprimé certaines, pourtant essentielles au dessin d'ensemble.

TEMPS

DATES

Il complique donc allégrement les structures temporelles en sautant sans cesse du temps de l'écriture, soit 1946, au temps de l'aventure, les trois hivers successifs de 1843, 1844, 1845. Mais les pièces de l'enquête qui aident à reconstituer l'aventure oscillent elles-mêmes entre plusieurs époques. La plus récente remonte à trente ans de là, lorsque le narrateur — dont on ne sait pas pourquoi il a tant tardé à consigner ces témoignages — a recueilli la déposition des vieillards : « À une certaine époque [...], le banc de pierre, sous les tilleuls, était plein de vieillards qui savaient vieillir » (p. 86). Ceux-ci, « avant 1916 » donc, peut-être entre 1910 et 1915, lui ont raconté le retour de Langlois en 1844 et la battue au loup à laquelle certains, alors très jeunes, ont participé. Ils évoquent aussi les joutes entre Delphine et Saucisse qu'ils ont arbitrées de loin, « longtemps après, très longtemps après, au moins vingt ans après » (p. 144), soit en 1867-1868, date indiquée dans le texte, où Saucisse « n'était pas encore finie et n'avait pas envie de finir » (p. 145). D'autres informations de seconde main obtenues auprès d'eux par le narrateur relatent des faits des années 1844-1845, que

Saucisse à peu près finie leur a confiés, peut-être dix ou quinze ans après ses luttes avec Delphine, soit vers 1880 : l'histoire de la brodeuse, la fête à Saint-Baudille, l'expédition à Grenoble, contées dans leur ordre chronologique. Lorsque les vieillards les relatent au narrateur, vers 1910-1915 — dans *Noé*, Giono écrit : 1920 —, il s'est écoulé depuis le moment de l'aventure une bonne soixantaine d'années, pas loin de soixante-dix ans.

Ainsi, seules les dates extrêmes sont sûres, celle de l'aventure et celle de l'écriture, distantes d'un siècle. Toutes les autres présentent une marge possible d'erreur de deux ou trois ans au moins, parfois de dix.

CHRONOLOGIE

Autre élément de confusion, la reconstitution ne s'ordonne pas dans le sens chronologique. Les premières pièces versées au dossier appartiennent au présent de l'écriture, 1946 : ce que les lieux et les visages actuels ont retenu du drame. Le goût des paysages chaotiques, la lecture d'une œuvre de Nerval et de grands yeux rêveurs sont les fragiles indices du tempérament de M. V. ; une couleur de peau, une teinte de cheveux, une qualité de sang, maintenant et jadis, renseignent sur l'apparence des victimes et sur les appétits de l'assassin. La beauté persistante du grand hêtre, image du monde, nid et sarcophage, est l'explication première et dernière de toute l'histoire. Suit sans transition la narration des deux premiers hivers, 1843 et 1844, traités dans l'ordre chronologique, puis un épisode aberrant puisqu'il se situe vingt ans après la mort de Langlois, dont le récit clôt le roman, et met en scène Delphine veuve avant que l'on n'assiste à son recrutement par Saucisse et à ses débuts de jeune mariée. Après quoi, l'ordre dans lequel sont rapportés les épisodes de 1845 redevient sagement chronologique.

TEMPS DES VERBES

L'usage des temps accentue les risques de confusion. Le présent renvoie naturellement au moment actuel de la reconstitution par l'enquêteur-narrateur. L'aventure, elle, est contée au passé, comme il se doit. Toutefois, puisque cette aventure est rapportée par des témoins, il arrive constamment que les narrateurs, repris par leur histoire, s'expriment soudain au présent.

« L'homme disparaît derrière un épaulement qui doit être une prairie en pente » : c'est M. V., surpris par Frédéric II, en 1843 (p. 73).

« On n'avait plus assez d'espace pour faire son mea-culpa. Enfin, quoi faire ? On fait une pipe » (p. 128). Et toute la battue au loup racontée en 1910 ou 1915 par un villageois qui se souvient de 1844 bascule au présent.

« Le lendemain matin, Langlois tape à la porte » (p. 234) : c'est l'expédition à Grenoble de 1845 racontée par Saucisse vers 1880.

La qualité même des témoins, tous âgés ou très âgés au moment où ils parlent, pose quelques questions. Saucisse ne se décide à parler que lorsqu'elle est à peu près vaincue par la vie, qu'elle sent la mort proche, sûrement pas avant quatre-vingt-dix ans. Les villageois qui ont vécu certains épisodes ou recueilli ses paroles, nettement plus jeunes qu'elle au moment des faits, sont d'un âge fort avancé au moment où ils témoignent. Certains n'ont peut-être que quatre-vingts ans, d'autres sûrement ont dépassé cent ans. Peut-on se fier à leur mémoire ? N'y a-t-il pas eu des oublis ? Car l'histoire est lacunaire, parfois peu compréhensible. Qui était la brodeuse ? Pourquoi Saucisse qui prend si grand soin de Langlois lui a-t-elle choisi pour épouse un zéro ? Pourquoi Langlois l'a-t-il acceptée ? Et cet invraisemblable *Bongalove*, Langlois pouvait-il sérieusement imaginer qu'il allait être capable d'y vivre, même avec son labyrinthe ? Celui de Saint-Baudille ne l'avait pas occupé plus de quarante-huit heures. N'est-il pas vraisemblable que l'aventure ait été enjolivée, déformée, morcelée par la fantaisie de ses dépositaires successifs ? Ellipses, questions sans réponse, comportements inexplicables tendraient à le prouver. Inversement, certains épisodes faisant bloc pourraient constituer des chapitres classiques avec titre — comme s'ils s'étaient transmis sous une forme désormais figée, par des mots déposés une fois pour toutes sur les événements. Tout cela n'est-il pas dû aux maladies de la mémoire — l'oubli, l'invention qui pallie les manques, la sclérose ?

NARRATION

1. De nombreux ouvrages et articles ont été consacrés aux structures narratives des *Chroniques*. Signalons la thèse de Philippe Arnaud. Voir aussi bibliographie dans Dossier, p. 195.

SYSTÈME NARRATIF[1]

Discontinuité et brouillage temporels s'accompagnent d'une grande instabilité sur le plan de la technique narrative. Pour résumer succinctement : on a affaire, d'emblée, à un *narrateur principal* qui dit « je » et prend en charge le récit. Il enquête sur place, collecte les témoignages, organise le récit. Sa présence est à peu près constante, en général visible voire indiscrète, mais il délègue parfois la parole à ses informateurs, les vieillards, ou aux informateurs de ses informateurs, les témoins. Le plus souvent, il cède donc la parole à un narrateur collectif, les *villageois* qu'il a interrogés trente ans plus tôt, qui s'expriment sous la forme d'un « on » ou d'un « nous », « nous autres ». Ils racontent ainsi la battue au loup. Parfois *une voix*, non identifiable, prend le dessus : « je n'ai jamais vu un homme plus solide que ce gros tas. Et j'en parle maintenant avec le souvenir de la chose passée » (p. 125) ; et ailleurs : « Où suis-je ? Qu'est-ce qui m'arrive ? » (p. 127), plus saisissant encore dans ce présent soudain rendu à l'émotion. Avant que la voix collective ne l'emporte à nouveau. Ils racontent encore Delphine et Saucisse vingt ans après : « Nous, on a un flanc de coteau qui domine ce labyrinthe » (p. 146).

Mais il arrive aussi qu'un personnage déjà présenté par le premier narrateur accède à la parole comme témoin. *Frédéric II*, par exemple, raconte l'arrestation et l'exécution de M. V. ; *Saucisse* les épisodes de la brodeuse, de la fête à Saint-Baudille, de l'expédition à Grenoble. Le récit du sacrifice de l'oie, dernier épisode avant le suicide de Langlois, est péniblement arraché à *Anselmie* par Saucisse.

Ainsi présenté, le schéma paraît presque simple : le roman est construit sur une succession d'épisodes rapportés par divers témoins et enchâssés dans la reconstitution effectuée par l'enquêteur. Ce serait en effet trop simple.

Prenons l'exemple de la traque de M. V. par Frédéric (p. 59-76). L'épisode n'est d'abord pris en charge par personne, ni enquêteur ni personnage, et le récit commence suivant la technique traditionnelle qui veut que l'histoire se déroule comme d'elle-même, au passé, racontée par un *narrateur omniscient* sans réalité propre. « Un matin Frédéric II faisait le café », « il pensait à ce qu'il ferait si c'était à refaire ». Nous sont ainsi livrés, en fonction d'une convention facilement admise, et les gestes que Frédéric accomplit sans témoin, et ses pensées les plus intimes. Ce premier narrateur, artificiel, passe le relais au *narrateur-enquêteur* qui met en scène le témoignage de Frédéric. « Frédéric II dira », « il dira ». Les paroles du témoin sont alors rapportées entre parenthèses, au style direct : « (Il dira : " La colère me prit ") » ou indirect : « (Il dira combien il y avait de couverts et de découverts [...]) » Mais très vite l'enquêteur dépasse son simple rôle de greffier pour commenter les paroles de Frédéric : « Avec son sens primitif du monde, il dira [...] » Jusqu'au moment où il relaie tout à fait Frédéric, devenant à son tour un témoin à part entière qui en sait bien plus que l'acteur du drame: « Il ne dira pas que, maintenant [...], il ne pensait plus du tout au visage glacé de Dorothée » ; « Il ne dira vraiment pas à quoi il a pensé ». Mais lui le sait, nouveau *narrateur omniscient mais incarné* cette fois ; et qui alors, sinon l'auteur ?

DIALOGUES

Certains moyens précis compliquent d'ailleurs à souhait l'identification des narrateurs. Ainsi Giono, comme il le fera pour toutes ses chroniques, annexe à son récit la technique du dialogue théâtral et souhaite faire la part la plus belle possible « aux histoires racontées à haute voix », si bien que des pans entiers de l'aventure sont révélés par des conversations rapportées en style direct, de façon vivante, avec le langage passionné ou indifférent, imagé ou neutre des uns et des autres. La narration accélère et uniformise, le dialogue ralentit et problématise l'action.

Toutefois, ici encore, ce n'est pas si simple : un dialogue peut en cacher un autre. Ainsi, par-dessus la tête des personnages qui parlent entre eux, le premier narrateur établit un dialogue privilégié avec le lecteur qu'il implique de toutes ses forces dans le récit. C'est d'abord pour l'influencer, au sujet de Chichiliane : « C'était donc très extraordinaire, Chichiliane » (p. 10) ; au sujet des V. : « Il y a des V., plus loin, si vous montez » *(ibid.)* ; ou des lectures du descendant de V. :

« C'est pourquoi je dis *Sylvie*, là, c'est assez drôle » (p. 11). Ce seront ensuite comme des apartés pour l'impliquer dans la compréhension profonde : parlant à propos de Frédéric II de curiosité, il ajoute entre parenthèses : « (s'il est question de curiosité dans la fascination) » (p. 66).

Si bien que lorsqu'on lit dans la battue au loup cette phrase : « La cruauté, voyez-vous, inspire » (p. 131), il s'agit à première vue d'une réflexion du villageois-coryphée à l'adresse du narrateur-enquêteur. Mais n'est-ce pas, tout aussi bien et plus encore, un autre aparté du narrateur ou même de l'écrivain vers le lecteur : un constat qui résume le choix du sujet, et l'histoire elle-même.

Car naturellement ce jeu s'accompagne d'un grand ballet des *pronoms personnels* qui désignent à tour de rôle toute une variété de personnages. « Ce sont des récits à la première personne », écrira Giono à propos des *Chroniques romanesques* dans sa préface de 1962. Certes mais le « je » recouvre des identités innombrables, le premier narrateur très souvent sans doute, mais aussi n'importe qui ; Frédéric, par exemple : « Naturellement, je ne dors pas » (p. 82) ; Saucisse parfois : « J'ai vécu, moi. J'en ai vu des vertes et des pas mûres » (p. 155) ; un vieillard non nommé : « J'ai l'impression que, cet après-midi-là, il s'amusa un peu de nous » (p. 111). À un moment même « je » recouvre Langlois dans un monologue intérieur que lui prête Saucisse : « Ah ! Le procureur, je ne l'oublie pas, soyez sans crainte, je n'oublie personne » (p. 204).

Plus étrange encore, puisqu'il s'agit d'un personnage volontairement privé par Giono d'intériorité, ce Langlois, pendant la messe de minuit, dont le narrateur omniscient livre seul les pensées — « Langlois (qui pensait à toutes les églises du canton) eut la certitude... » — s'empare du « je » pour penser en son propre nom : « Je comprends tout, se dit-il, et je ne peux rien expliquer. Je suis comme un chien qui flaire un gigot dans un placard » (p. 56).

Ainsi le « je » vole d'une bouche à l'autre comme dans la vie ; mais sur le papier il est parfois facile, parfois impossible à identifier.

De ce fait, le « vous » souffre de la même instabilité. Singulier, il désigne le lecteur face à l'enquêteur : « La belle-mère de Raoul, tenez, c'est une Chazottes » (p. 17) ; ou l'enquêteur face aux villageois : « Savez-vous ce qu'elle fit ? » (p. 123). Pluriel, il désigne alors les villageois face à Saucisse : « Vous couriez d'un côté de l'autre, vous autres... » (p. 185) ; ou le trio face à Langlois : « Vous n'imaginez pas la mémoire qu'il faut avoir... » (p. 204).

Même remarque à propos du « on » et du « nous » qui peuvent recouvrir n'importe quel « toi et moi » : Frédéric et le gendarme, ou une plus vaste collectivité, les villageois, ou l'ensemble Mme Tim, le procureur, Saucisse. Mais là encore, si « nous » et « on » sont parfois exactement synonymes : « Chez nous on dit... » (p. 131), « on » est parfois plus accueillant dans son indéfinition, pouvant aller du « je » individuel, au « toi et moi » complice, à la communauté en question, à l'humanité en général : « on n'a rien inventé et [...] on n'inventera jamais rien de plus génial que la voûte » (p. 29).

RAFFINEMENTS SUPPLÉMENTAIRES

Le point de vue de la narration varie d'ailleurs sans cesse : ici une seconde, là celle d'après. Le voici dehors tourné vers le village : « *on* voit bien entendu encore les [...] maisons [...], mais *on* ne voit plus la flèche du clocher... » ; le voici sans transition transféré dedans : « *on* allume les âtres... » (p. 15) ; « Il n'y a plus d'endroit où l'*on* puisse imaginer un monde aux couleurs du paon, que le lit » (p. 16)[1]. Et en conclusion du paragraphe à qui revient cette question : « Qui aurait pensé à Chichiliane ? » *(ibid.).* Ni au passant ni à l'habitant de la maison en tout cas.

Et même lorsque la parole est clairement déléguée à un narrateur précis, des invraisemblances de diverses natures prouvent qu'une autre voix s'est discrètement interposée, le temps de se livrer à quelque considération parasite. Exemple : « et cependant on ne peut pas dire que nous soyons mondains avec nos forêts, nos montagnes, notre bise qui vous fait pisser le nez comme une fontaine [...] ; nous aimons beaucoup les cérémonies » (p. 118). Battue au loup, narration déléguée à un porte-parole de la communauté villageoise, « on », « nous », niveau de langue familier, tout cela est sans mystère. Mais est-ce encore l'un de ces paysans qui peut poursuivre : « Alors, pour ces travaux mystérieux qu'on fait dans les régions qui

1. C'est moi qui souligne.

51

avoisinent les tristesses et la mort, pourquoi n'y aurait-il pas un cérémonial encore plus exigeant ? » *(ibid.).* Un de ces paysans qui disait plus tôt : « des histoires, nous, on n'en sait pas et, même si on en savait, on ne saurait pas les raconter » (p. 109) ? Le temps d'une phrase, cet homme simple — même s'il n'est pas si simple — s'est laissé souffler la parole par un connaisseur de l'âme humaine qui aurait à sa disposition vocabulaire, syntaxe, outils rhétoriques appropriés à l'expression d'une pensée plus abstraite et plus fine.

LE NARRATEUR-ENQUÊTEUR

On sait peu de chose de lui, mais il est l'ami d'un historien de Prébois (p. 12). Effet de réel, effet de sérieux. Même si la spécialité de cet ami n'est pas la grande histoire mais la petite, *régionale,* d'un *coin* du Trièves et même s'il n'a écrit que des *opuscules* forcément mineurs...

Le narrateur se présente d'entrée comme un enquêteur diligent qui interroge, va sur place ; il se donne le rôle d'interlocuteur du lecteur ; il organise le puzzle des témoignages qu'il a pu recueillir : « Delphine... Je m'aperçois que j'ai sauté tout d'un coup un trop grand nombre d'années » (p. 144). Il joue les régisseurs.

Mais on comprend vite qu'il ne se contentera pas de ces rôles, somme toute, d'utilité. Il se veut, non pas seulement spectateur, commentateur, mais bien acteur. Il revendique ce statut dès le début du roman.

« On eut ensuite de très belles journées »
(p. 35). On ? Est-ce à dire les gens du village
en 1843 ? Commentaire : « Je dis " on ",
naturellement je n'y étais pas puisque tout ça
se passait en 1843 mais j'ai tellement dû
interroger et m'y mettre pour avoir un peu
du fin mot que j'ai fini par faire partie de la
chose » (ibid.). Cette révélation capitale
explique sa présence constante de commentateur psychologue, philosophe, anthropo-
logue. Elle ménage toutefois dans sa forme
même l'ambiguïté nécessaire à l'intérêt du
récit : « tout ça », « la chose », on ne saurait
être plus vague ; et « un peu », seulement,
« du fin mot » — mais de quoi ?

En tout cas il s'est donné tout pouvoir
d'intervention, et il en use sans vergogne. Ce
qu'on lui a raconté lui paraît insuffisant, il
palliera les insuffisances : « Ce qui est arrivé
est plus beau ; je crois » (p. 13). Il manque un
témoignage ; Langlois n'a convoqué personne à son suicide : « Eh bien, voilà ce qu'il
dut faire » (p. 243). Il a plus de mots, plus de
métier que les personnages, humbles villageois, il va creuser leurs témoignages, s'identifier. Le bonheur de Frédéric II au moment
où, sans le savoir, il bascule de l'autre côté et
devient loup, il le connaît mieux que Frédéric qui, lui, « ne le sait que confusément »
(p. 70).

Ce narrateur-philosophe se pose d'emblée
comme un esthète pour parler de l'histoire,
nous l'avons dit, puisque le critère qu'il choi-
sit est le beau et non le vrai pour parler du
hêtre de la scierie ou de la qualité du sang des
victimes : « je ne veux pas parler du goût... » ;

« je dois vous dire... » ; « je veux dire... » (p. 48). Sa difficulté d'expression souligne alors ce qu'a de personnel cet aveu « je veux dire qu'il est facile [...] d'imaginer que son sang était très beau. Je dis beau. Parlons en peintre » (p. 48-49). Suit une théorie de la cruauté, mêlant esthétique et sacré, qu'il conclut par un désinvolte : « Ceci est tout à fait à part. J'ai eu envie de le dire, je l'ai dit » (p. 49).

Mêlé aux gestes et aux pensées des plus secondaires ou épisodiques personnages, philosophe et amateur d'âme comme le quatuor central, ce narrateur premier est, bien sûr, une figure du romancier qui est où il veut, qui intervient où et quand cela lui chante.

D'ailleurs Giono, qui dans *Noé* se montre en écrivain, ne se prive pas de proclamer que le narrateur c'est lui : « C'est en 1920 que j'ai imaginé qu'on *m*'a raconté l'histoire[1]. »

Ainsi le romancier ne se contente pas de tirer les ficelles et de déléguer ses pouvoirs, il reprend le pouvoir et montre les ficelles. Sans cesse sous nos yeux il fait la roue et montre qu'il est le maître. Le mot de la fin — une question, fausse d'ailleurs — ne clôt pas l'aventure : longtemps avant la fin (du roman) il a pris la liberté de nous montrer ce qui se passe longtemps après la fin (de l'histoire). Dans *Noé* il sera tenté de raconter ce qui s'est passé juste après la fin : il imaginera Delphine qui traverse « le labyrinthe de buis où [...] elle court en frappant les dalles de ses talons de bottine[2] ». Delphine aux « yeux d'amande verte » qui cache en elle « toute

1. Folio, p. 11, c'est moi qui souligne.

2. *Ibid.*, p. 8 et 16. Voir Dossier, p. 157.

une forêt de Brocéliande » et « qui veut vivre ». Il ouvre devant nos yeux un éventail de possibles pour elle et pour Cadiche qui ont si peu vécu dans *Un roi*. Et même, pour Langlois, il pense à un autre avenir plein de clichés : « île déserte », « filer le parfait amour ». Ce que *Noé* risquera de façon expérimentale est en germe dans *Un roi*. Ici, un conditionnel laisse entendre que Frédéric pouvait avoir un autre destin, de loup : « (le saurait-il très exactement [...], il le cacherait pour toujours, même au moment final où il serait lui aussi ce promeneur traqué) » (p. 70). De même pour l'horrible Martoune : « (Si je vous racontais la jeunesse de Martoune...) » (p. 97). Points de suspension. Je le pourrais, dit Giono, et pas seulement le villageois ou l'enquêteur, car je suis le maître du jeu.

Comme Diderot dans *Jacques le Fataliste*, Giono excite habilement la curiosité du lecteur et la déçoit exprès, laissant celui-ci à ses hypothèses. Comme les grands romanciers du XIXᵉ siècle, il rêve de vastes constructions romanesques où les personnages réapparaîtraient, ici central, là marginal. Le récit fut d'abord précédé d'épigraphes de Balzac. D'ailleurs Langlois, sous son prénom Martial, reviendra comme héros et narrateur des cinq nouvelles qui constituent les *Récits de la demi-brigade* (écrits entre 1955 et 1965).

Comme les « nouveaux romanciers », ceux des années soixante, et avant eux, il ouvre et suit un temps des possibilités romanesques diverses ; il affirme son omniprésence, joue avec son lecteur et le presse d'écrire *son* roman, en expérimentant des techniques génératrices d'ambiguïté qui sauvegardent le caractère aléatoire du récit et donc de son déchiffrement.

V   ESPACES

LIEUX DE L'ACTION

L'espace référentiel est le même que celui de *Batailles dans la montagne* ou des *Vraies Richesses*. C'est le Trièves, *grosso modo* la région qui entoure le col de Lus-la-Croix-Haute, avec ses villages (Saint-Maurice-en-Trièves, Clelles, Prébois, Mens) et ses sommets (le Lauzon, l'Avers et l'Archat). Mais *Les Vraies Richesses* en faisaient le lieu idyllique d'une résurrection des valeurs ancestrales, grâce aux gestes retrouvés des paysans : rallumer le four, faire le pain, le partager, fêter l'événement au cours d'un grand banquet en l'honneur du pain et du vin. Un pain et un vin bien différents de ceux que le prêtre consacre lors de la messe. Car ce banquet renouait avec de plus anciens dieux, Déméter et Dionysos, au cours d'une fête païenne de communion avec la nature, une fête de la joie simple. Ici, au mieux, on commémore un événement sanglant, la mort du Christ traitée, nous le verrons, comme une cérémonie aztèque splendide et cruelle. Comme si

Giono voulait revenir sur le lieu de ses illusions pour en faire les lieux d'un crime. Au diable les utopies, la belle montagne sera le terrain d'expérience des âmes mal famées.

Et le paysage se transforme insensiblement. Chichilianne y perd un *n* ; le mont Jocon y trouve un *d* : Saint-Baudille-et-Pipet, abrégé, brille mieux ; le jeune V. de la nouvelle génération habite au-delà d'un col de Menée si irréel qu'il a bien fallu le changer en Menet. Le romancier, ici comme toujours, s'empare du réel et, une lettre de plus ou de moins, un toponyme prélevé là-bas, greffé ici, le transforme à son gré en un lieu autre, prêt à accueillir l'imaginaire le plus fantastique.

Les lieux principaux de l'action sont d'ailleurs soigneusement coupés du réel dauphinois. Le village qui en est le centre n'est jamais nommé. Sans doute, dans les débuts au moins, comme le démontre Luce Ricatte[1], Giono a dû penser à Lalley. Elle cite les carnets : « coller la Margotte, Mane à Lalley et Lalley à n'importe quoi » (op. 28-29, f° 33, v°). Elle remarque qu'après hésitation et ratures, Giono a situé ce village, comme Lalley, à vingt et un kilomètres de Chichiliane. Va pour Lalley, à moins que ce ne soit Prébois ou ailleurs, n'importe où par là.

De même le val de Chalamont, jolie trouvaille de Giono, dit fort bien, entre son val et son mont, qu'on peut situer n'importe où cette battue au loup, un endroit inquiétant et sauvage où l'on ne va guère, qui est aussi un lieu mental qu'on évite d'ordinaire. « Qui n'en a pas en lui-même ? » (p. 127), dit en toutes lettres le texte.

1. Voir sa notice, Pléiade III, p. 1312 et suiv.

57

Ainsi, à partir du réel des cartes géographiques, l'invention a vite fait de prendre son essor. Le Trièves s'efface au profit d'une province irréelle, la même peut-être que celle où vivra Ennemonde, une sœur de Saucisse, un haut pays insitué, peuplé de bêtes sanguinaires et d'hommes qui hésitent entre l'ogre et le vampire.

LE BAS ET LE HAUT

On serait tenté d'étudier l'espace romanesque en fonction de l'antithèse : ennui / divertissement. En effet, c'est la clôture de l'espace qui crée l'ennui, son ouverture qui assure le divertissement. Printemps, été, automne en Trièves fournissent à profusion occupations et sensations nécessaires à la vie d'un village sans histoires. Tout change lorsque les occupations paysannes cessent parce que la terre dort, lorsque l'hiver pose son écran de nuages et de neige entre le monde et les hommes. Que devenir lorsqu'il n'y a plus rien à voir ni au ciel ni sur la terre ?

Pourtant, même là, il en est toujours qui savent, avec plus ou moins de talent, se donner du divertissement. Et si le metteur en scène est Langlois, n'importe quel val, si sombre et perdu soit-il, peut devenir le théâtre de grandioses spectacles.

Ouverture et clôture, ennui et divertissement sont donc davantage fonction des qualités individuelles, de l'aptitude de chacun à s'évader et se distraire, que des qualités de l'espace lui-même. Dans le monde des *Chro-*

niques, notamment dans *Un roi*, c'est plutôt l'opposition entre haut et bas pays qui semble faire sens, et se prêter à des généralisations qui font figure de lois. Le bas pays, ici, c'est Grenoble ; ailleurs, ce seront toutes les basses vallées, la vallée du Rhône surtout. Tout y est une question d'apparence et de rapports de force conventionnels, absurdes. La preuve en est que Saucisse, en dépit de sa qualité d'âme, a pu y être prostituée. Vont vers Grenoble les maquignons riches et les « artilleur[s] à merde » (p. 227). Vivent à Grenoble les soubrettes, les maîtres d'hôtel, les larbins en tous genres, et des riches qui font étalage de leurs richesses : le genre minotier cynique, comme celui qui, profitant de sa misère, a jadis dévoyé Saucisse. Des vainqueurs sans âme, des vaincus sans espoir. Aucune finesse, aucun sens du vrai divertissement, la main aux fesses, l'artillerie lourde.

En bas on trouve aussi les tribunaux et les gendarmes, la caserne, l'administration, « les gros bonnets ». On les craint et on passe loin, mais on les méprise aussi pour toutes sortes de raisons. D'abord, comme ils sont habitués aux apparences et au respect des apparences, on peut les tromper facilement. Il suffit d'avoir l'air. Langlois et Saucisse, à Grenoble, passent pour un couple princier. Ils le sont, mais pour des raisons que n'admettraient pas les gens d'en bas qui ne toisent que leur allure.

La deuxième raison est que ceux d'en bas ne connaissent rien aux vraies richesses — qui, pour Giono, ne sont plus du tout les mêmes qu'avant la guerre. La plus précieuse est la liberté, celle qu'on trouve dans les grands espaces déserts, grâce au silence, à la solitude et au manque de repères qui autorisent la démesure. Comment être démesuré à Grenoble ? Ce n'est pas Stendhal qui contredirait Giono !

Au contraire, la vraie vie, à vrais risques, est en haut. Mais il faut se garder de croire que le mouvement vers le haut correspond chez Giono à une quelconque aspiration vers le bien et la vertu, à une banale recherche de salut. Le haut pays n'a rien de moral. Bien au contraire. C'est la contrée des passions extravagantes, des ambitions bien plus subtiles que celles de l'argent et du paraître, l'espace du divertissement.

Là vivent des paysans qui sont par certains côtés des seigneurs et des gens qui, après pas mal de temps passé en bas, ont choisi de gagner le haut, comme on prend le maquis. Là, les grandes âmes se trouvent entre elles et sont aimantées les unes vers les autres. Un commandant de gendarmerie, une Mexicaine élevée dans un couvent, une ancienne lorette et même un procureur qui vient du bas mais a, depuis longtemps, « fait son compte », sont des égaux en dépit de tout ce qui, ailleurs, les séparerait. Leurs « états de service » si divers leur ont assuré des besoins et des désirs identiques, une vision du monde commune, un sens aigu de l'amitié, du partage, de la liberté, une rare maîtrise des techniques d'évasion.

Le haut pays a ses us et coutumes peu compatibles avec l'ordre et la loi des basses terres. À quoi serviraient des tribunaux ? Ceux qui ont mérité la mort y entrent d'eux-mêmes, comme Marceau ou Langlois, ou la reçoivent d'une main amie, comme M. V. ou l'Artiste. À moins que, comme Ennemonde, ils ne jouissent d'une immunité légitime — au sens d'en haut. Punition, exemplarité n'ont pas cours. Ce système pénal obéit à d'autres impératifs moraux, privilégiant l'échange. La mort donnée est pour l'un un service rendu, pour l'autre une sortie honorable.

MONTGOLFIÈRES ET AÉROPLANES

• À la poursuite de M. V., qui dépose son butin en haut du plus grand arbre puis franchit tranquillement les sommets, Frédéric II pose ce théorème physique : plus on est gros, et gros en divertissement, plus on est léger. Alors qu'aucun détail sur son allure n'a été donné jusque-là et qu'il suit avec une extrême facilité M. V. dans l'escalade de l'Archat, nous apprenons soudain que Frédéric est corpulent. Mais la traque, la passion de voir et une quête de nature personnelle l'ont délesté de tout son poids : « Tout gros qu'il était il était devenu silencieux et *aérien*, il se déplaçait comme un *oiseau* ou comme un *esprit* » (p. 70)[1]. Le texte insiste sur ce miracle : « Il allait de taillis en taillis sans laisser de traces. (Avec son sens primitif du monde, il dira : " Sans toucher terre "). » (*ibid.*) La parenthèse, comme ailleurs, souligne l'essentiel.

1. C'est moi qui souligne.

• Les aptitudes à l'envol de Mme Tim tiennent à ses origines de volcan et de glacier, forcément situés en altitude, dans un Mexique dont on ne sait rien. Tout ce qui importe, elle le répète : « Dites-leur [...], que c'est très haut, très haut, plus haut qu'ici » (p. 107). Ici où pourtant l'on s'y connaît en matière d'isolement, de silence et de panorama.

• Le procureur est à la fois le plus gros de tous et le plus léger, c'est même à cela qu'on le reconnaît. Sans cesse défiant les lois de la vitesse, de la pesanteur et le handicap de l'âge, il étonne. On le croit encore à Grenoble, à trois jours de route avec son « boggey », et il est déjà là (p. 185). Il est toujours là au premier rang, à côté de Langlois, se déplaçant avec une « légèreté aéronautique » (p. 143). Lui qui porte son ventre comme un tambour énorme et évidé, prêt à suivre les courants d'air ascendants, il est « comme un ballon, énorme et extrêmement léger, posé sur la pointe d'un vent » (p. 200-201).

• En fait, le modèle descriptif de ce type humain est donné par le hêtre de la scierie qui décidément sert à tout. Enfoncé dans le sol par d'énormes racines, lourd de toute sa charge de branches, de feuillages et d'insectes, imposant par sa formidable stature, il est une créature terrestre. Pourtant, « malgré tant de poids accumulé », parfaitement rond et tout en connivence avec le peuple de l'air, ondoyant comme un feu, agile comme un acrobate, faussement immobile comme un astre, grâce à « la vitesse miraculeuse de la pointe de toupie sur laquelle reposent les dieux » (p. 39), il est, plus encore, un être céleste. Comme lui, tous les gros du roman semblent prêts à l'envol. Une scène les montre à Saint-Baudille, en train de faire le tour du propriétaire, énormes, se tenant par le bras et s'élevant de marche en marche dans les étages. « Hausse, hausse, hausse-nous ! Jusqu'à quel endroit vas-tu nous hausser ? » (p. 202) chantonne tout bas Saucisse, devinant qu'il faudrait poursuivre, beaucoup plus haut, jusqu'à « celui qui a le remède », si on pouvait le rattraper.

• Langlois, qui n'est pas gros car il refuse « d'en prendre son parti », a pourtant définitivement choisi le haut pays. Même lorsque, démissionnaire, il n'a plus de raison professionnelle d'y revenir, il s'arrange, et de gendarme devient traqueur de loups. Lui prend vraiment son envol aux yeux de tous, à la fin de la battue, au moment où le massacre prévu tourne à la séance d'hypnose générale. Au milieu des « torches-colombes » qui voltigent, à côté du procureur-montgolfière, Langlois étend les bras et les « agite lentement de haut en bas comme des ailes qu'il essaie » (p. 142). Puis devant la mort du chien qui précède la mort du loup, il reste ainsi « bras étendus, comme s'il planait » (p. 143).

Ainsi s'explique pour finir l'étrange commentaire du narrateur associant, sans souci de chronologie, Perceval et l'« aviateur-bourgeois » des temps modernes (Mermoz, Saint-Exupéry ?), également dépendants de leur drogue, ancienne ou nouvelle (p. 25). Tous deux planent, au sens mental ou physique — mais forcément aussi mental — car on n'échappe pas impunément aux lois de la pesanteur, chacun le sait depuis Icare.

AU-DELÀ DE CETTE LIMITE

L'autre monde est séparé de celui-ci par une limite bien marquée que beaucoup ne tentent pas de franchir, pensant, faute d'imagination, qu'au-delà il n'y a plus rien. Elle se présente comme « la lisière ténébreuse des bois » (p. 58), trait noir ou, sous forme d'un rideau de brouillard ou de « nuages qui couvraient la montagne » (p. 23), trait blanc. Bergues, qui « n'est pas fait pour chercher midi à quatorze heures » *(ibid.)*, fait demi-tour à cet endroit.

D'autres, plus hardis, M. V., Frédéric, et les quatre personnages principaux, ont bien trop de désirs et de curiosité pour s'y laisser prendre, et avancent. L'équipée de Frédéric à la suite de M. V. donne l'entière description de ce lieu de transition et du royaume de lumière auquel il ouvre accès. La succession de couverts et de découverts, de combes et de crêtes fournit toutes les épreuves nécessaires à cette initiation d'un nouveau genre, qui mène jusqu'au sommet escarpé et dangereux de l'Archat. L'itinéraire est long et accidenté, le sentier est effacé. Mais Frédéric, comme Dante, n'a qu'à se laisser mener par son maître qui sait voir l'invisible chemin. Comme tout bon disciple, il passe par des phases de cécité à peu près complètes, et d'autres où il bénéficie de brèves échappées, lorsque « la pénombre grise » (p. 66) lui laisse entrevoir les paysages qu'il traverse et l'homme qui le guide.

Il s'agit désormais d'une « neige [...] entièrement vierge » (*ibid.*) qu'aucune trace de pas n'a souillée, d'un pays qui, très vite, échappe aux repères des cartes d'état-major. « On devait être ici sur le territoire de je ne sais pas quelle commune » (p. 69), un pays sans nom, réservé aux ombres, aux arbres, aux renards, aux oiseaux (ce que Frédéric, passant d'un règne à l'autre, devient tour à tour pendant cette excursion). Le seul être humain admis comme chez lui dans cette contrée sauvage est l'assassin, qui le précède et se tient là où le Soleil règne dans sa sèche et magnifique cruauté.

Là, tout ce qu'il a quitté en bas, « un en bas » déjà haut, s'inverse. Au-delà des sommets voisins et identifiables s'ouvrent à perte de vue des « lointains inimaginables » (p. 67) « d'un vaste sans limites » (p. 70), un « nouveau monde » (p. 68) aux deux sens de l'expression. Un monde en cours de création, lorsque, le troisième jour, Dieu, après avoir séparé les eaux d'en bas et les eaux d'en haut, sépara le sec, les terres, de l'amas des eaux, en un grand mouvement symphonique qui fit surgir du sein des océans « des îles blêmes serties de noir » (p. 67) en archipel. Ou les Grandes Indes exondées découvertes un jour de 1492 par Christophe Colomb : « Quand [Frédéric] parlera du pays derrière l'Archat il en parlera comme Colomb devait parler des Indes Orientales » (p. 71).

Cette autre traversée a fait de Frédéric un autre homme, « entièrement différent du Frédéric II de la dynastie de la scierie » (p. 70), en voie d'élucider les « raisons incompréhensibles » (p. 69) qui l'ont mené là ; heureux d'une manière extraordinaire de sa découverte et de sa métamorphose, qui lui a donné à lui aussi un corps d'oiseau et une âme de loup. Être d'instinct, doué de facultés qu'il ne soupçonnait pas, d'un odorat dont la neige devrait le priver, d'une science du terrain animale, il accède au savoir carnivore des premiers hommes, si bien refoulé par le progrès (p. 72).

Bergues avait réussi un « petit *démarrage* » (p. 25) sans suite vers ce haut et ce passé. Frédéric a fait beaucoup mieux, mais on retrouvera son petit-fils tranquillement installé à la scierie. Entre la sécurité du ventre des maisons et l'appel des cimes, il a rejoint l'humanité moyenne et les caves voûtées.

Certains hésitent, comme la brodeuse et le descendant de M. V., entre deux tentations contraires, l'envol et le blottissement, le risque et la sécurité. Ceux-là vivent dans des maisons isolées, en altitude, dans des paysages de début du monde (un chaos minéral appelant des images aquatiques de vagues monstrueuses et de monstres antédiluviens, p. 11) ou de fin du monde (au milieu de « décombres », p. 168). Mais leurs maisons s'abritent derrière des murs arc-boutés et des grilles « bombées en ventres » *(ibid.)*. D'autres sont des habitués des cimes, comme les divers gros qui y respirent mieux qu'ailleurs. D'autres enfin en sont les habitants définitifs.

Ainsi M. V., Langlois sont depuis trop longtemps engagés trop loin dans le vaste au-delà. Aucune maison, aucune tanière, aucune caverne même ne peut plus les retenir dans sa sécurité ou sa chaleur. En fait, ils n'en ont plus besoin. Ils sont à jamais les habitants d'« étendues désertes et glacées » (p. 204) où rien ne pousse, « un endroit où il n'y [a] plus rien de précis » comme celui auquel accède l'Artiste des *Grands Chemins* [1] après son crime, où règne pour toujours le Soleil rouge et glacé des hivers baudelairiens. Mme Tim a fait ce qu'elle a pu, avec tout son talent de décoratrice, pour fournir à Langlois, dans sa chambre de Saint-Baudille, une réplique de ce monde, mais habitable, apaisée. Avec un simple et très rusé rideau de lin gris bleuté, elle a pensé apprivoiser les « lointains immenses » où il vit d'ordinaire. En pure perte. Comment habiterait-il une chambre ? Le *bongalove* qu'il se bâtit est une maison vide et blanche. Son premier geste est précisément de décrocher ce rideau trompe-l'œil que Mme Tim lui a donné. La glace, concession prétendument faite à la coquetterie de Delphine, n'est là en réalité que pour multiplier à l'infini le blanc des murs, ce blanc qui a tout envahi, dehors et dedans.

Habitants inaccessibles de déserts glacés, ceux-là n'ont plus d'humain que leur apparence tranquille, leur démarche paisible, leur adaptation simulée à la vie. Ils sont définitivement ailleurs, à contempler, comme feraient des dieux, le début et la fin du monde, à contempler ce qui n'est pas permis aux hommes, la Mort et la Vie à la fois, M. V.

1. Pléiade V, p. 630.

VI   JEUX INTERDITS

BOIRE ET MANGER

APPÉTITS

Un roi est un roman de la voracité. On n'y pense qu'à manger, pire à dévorer, pire à accompagner l'acte de manger du plus de plaisir possible. Instinct et raffinement. Le modèle est donné par le loup qui tue pour nourrir ses petits mais aussi « pour le plaisir de s'agacer les dents » (p. 116).

L'histoire se passe dans un village de paysans où, entre moissons, récoltes, basse-cour, troupeaux, tout parle de nourriture. Le lieu central, *Café de la Route*, est une auberge dont la patronne a vite fait de servir un coup à boire, ou de préparer un petit repas relevé. Casse-croûte pris sur le pouce, belle table savamment dressée, menu coquet de grand restaurant, le roman accorde beaucoup de place aux choses de la bouche.

Mais si couper le cou à une oie signifie simplement, pour Anselmie, le désir de la mettre au menu du dîner, le même geste ouvre à Langlois d'inquiétantes perspectives sur ses désirs les plus secrets ; et lorsque les mères de famille s'activent pour préparer l'innocente soupe du soir, des faims d'autre nature s'aiguisent çà et là.

Des repas forment plusieurs des scènes principales. Se garder de les lire comme de simples repas. Celui de Grenoble, dans le plus grand restaurant de la place Grenette, est un cadeau de Langlois à Saucisse. Il sait ce qu'elle a vécu et ce qu'elle va lui sacrifier. Ce repas de princes, en compagnie d'un roi, est une revanche sur la disette ancienne — d'argent, de nourriture, de considération, de tout.

Le repas à Saint-Baudille vaut moins par son menu que par sa disposition esthétique de machine à produire du divertissement pour l'œil et pour l'âme. À partir d'une table, il donne à voir le monde.

La messe — de minuit ou pas — est par définition un repas communautaire symbolique où l'on partage un pain et un vin transmués en corps et sang du Christ.

Rite religieux, composition esthétique, signe de revanche sociale, le repas est porteur de valeurs qui s'adressent à l'âme, à l'esprit, à la mémoire. Il faut être bête comme Anselmie pour croire que manger signifie seulement manger.

LOUPS ET ZOULOUS

L'un des principaux personnages du roman est un loup, un « nuisible » majeur, énorme, capable en une nuit d'égorger une vache et un cheval, d'éventrer treize brebis et d'emporter la quatorzième. Puissante mâchoire, force redoutable, le loup, terreur des paysans, est dans l'imaginaire populaire le dévoreur d'enfants, celui qui fait son régal de l'attardé, du faible, trop loin de la communauté pour espérer du secours. M. V. en embuscade, à la lisière du village, se comporte exactement comme un de ces loups, prêt à se jeter sur qui s'écartera, à peine, des maisons.

Langlois, dont l'ignorance est encore grande mais l'intuition déjà sûre, à la recherche du mobile introuvable des crimes, dit : « Si on était chez les Zoulous, je dirais que c'est pour les manger... » (p. 44). La première hypothèse formulée, même présentée comme absurde, est celle du festin de chair humaine. Et cette hypothèse est la bonne, même s'il ne s'agit pas d'anthropophagie au sens propre. Lorsque le narrateur, d'emblée, précise : « Je n'ai, comme bien vous pensez, jamais goûté le sang de personne ; et [...] cette histoire n'est pas l'histoire d'un homme qui buvait, suçait, ou mangeait le sang » (p. 48), il joue sur les mots. Car il s'agit bien de vampirisme, ou de cannibalisme, mais au sens figuré. On s'alimente ici de la vie des autres ; on ne les mange pas mais on en « profite », en les regardant avec fascination se débattre dans les pièges où ils se sont mis, comme un prédateur fixe ses proies. En dernier recours, lorsque tous les autres modes de jouissance seront épuisés, on les tuera pour se donner le sentiment d'exister. Les loups sont des bêtes sauvages, les Zoulous sont des primitifs, mais en chaque civilisé sommeille un loup, rêve un Zoulou.

OBÉSITÉ

Les personnages principaux, à part Langlois qui cherche encore la nourriture qui le rassasierait, sont des gros, nous le savons. Sans doute, ils aiment bien manger mais cela n'explique pas tout. En fait, ils sont devenus vraiment gros avec l'âge, quand ils ont compris tout ce que la vie pouvait leur offrir et qu'ils y ont pris goût.

• Saucisse, la bien nommée avec ses quatre-vingt-huit kilos. Au départ, rien ne prédisposait notre héroïne à ce nom et à cette allure ; elle était petite, jolie. Mais lorsqu'elle n'a plus pu se payer sa petite côtelette en chantant dans un beuglant, elle a connu le plus rude des enfermements, la prostitution : un territoire réduit à un « lit-cage » (p. 189) et à quelques mètres de trottoir. De quoi prendre goût à l'évasion, à l'imagination. Pas de quoi grossir, semble-t-il. Si, peu à peu, car au contact de tous ces hommes, ceux qui avaient conquis l'Algérie et les autres, elle a acquis un vaste savoir sur l'espèce humaine et sur ses mobiles, « sur la connaissance des deux mondes superposés » (p. 52). Ainsi gavée de science, elle est devenue nourricière. Elle comble Langlois de petits plats et de café mais surtout elle lui parle, car le mal de Langlois, ses tentations de meurtre et de suicide, elle connaît, elle y a survécu. Sur tout ce qui touche à la marche du monde, elle peut lui donner la réplique. Mais elle va aussi se nourrir de lui, de ses faits et gestes, de sa vie. Comme tous les autres. Et elle ne souffrira pas l'idée qu'une autre, sur quelque plan que ce soit, puisse le nourrir. C'est pourquoi, vraisemblablement, elle le trahira en choisissant Delphine, qui est bête à attendre que tombent du ciel « les cailles rôties » (p. 235). En huit jours à peine Langlois en aura fait le tour, Saucisse l'avait prévu. Mais après sa mort, elle maigrira jusqu'à devenir « une lardoire bleue », le contraire d'une saucisse.

• Mme Tim est une belle femme, belle au sens campagnard, c'est-à-dire grosse, pour ne pas dire énorme. Elle vient d'un couvent mexicain, croit-on, et elle y a fait élever ses trois filles, non par précaution bourgeoise, bien au contraire, parce qu'elle sait d'expérience que c'est de là que naissent avec le plus de force les grandes fantaisies romanesques, le goût sauvage des savantes transgressions. De plus, elle est pétrie de glacier et de volcan, manifestations de l'excès élémentaire, prometteur de belles catastrophes, et, mexicaine, elle est issue d'ancêtres aztèques primitifs et violents. Faite de tout ce mélange, elle a choisi d'être le centre rond d'une sorte de roue, en utilisant sa condition de femme pour le divertissement de tous et le sien, se multipliant elle-même à travers ses enfants et ses petits-enfants, faisant de son château un pôle où arrivent et d'où partent à toute heure des norias de messagers et de voitures. Semblable à un pressoir ou à une grande cuve à vin, toujours « chargée de grappes d'enfants », elle est nourricière, organise des goûters, des repas, invite tous les passants à manger et à boire. Et elle enseigne : « Vivez bien [...]. Profitez de tout » (p. 110). Profiter c'est-à-dire se nourrir, s'engraisser de tout. En disant : « Regardez, moi, si je profite » (*ibid.*), elle se livre, sous couvert d'affection, à un curieux simulacre d'anthropophagie. Saisissant un de ses petits-enfants, elle le prépare comme pour un sacrifice « et, quand il était ainsi bien ouvert comme une pêche qu'on a partagée par le milieu, elle se l'approchait du visage [...] et elle se l'appliquait sur la bouche pour le baiser » *(ibid.)*. Ne serait-ce pas plutôt pour le manger ?

• Le procureur : on ne sait pas son passé, mais son présent suffit. Connu et redouté dans toutes les vallées à la ronde, il est chargé de plus de cinquante dossiers. C'est dire s'il connaît l'âme humaine et la diversité de ses mobiles. « Amateur d'âmes », comme d'autres sont amateurs de femmes — d'ailleurs, il l'est aussi ou l'a été — ou amateur de bonne chère — il l'est toujours —, il est naturellement obèse. Il est, dit le journal, un « profond connaisseur du cœur humain » (p. 124). Comme les prêtres aztèques qui, pour honorer le Soleil et lui garder vigueur, lui réservaient les cœurs encore palpitants des jeunes gens les mieux faits, lui donnaient à boire le sang le plus beau. Pressentant la qualité de son cœur, il s'est attaché aux pas de Langlois. Le soir de la battue au loup, il s'arrange pour se pousser au premier rang, au côté de Langlois, lors de l'épisode final. Les villageois s'en étonnent : est-ce « pour le protéger (de quoi) ? » ou simplement « pour être avec lui » (p. 153) ? Pour vivre de sa vie, autrement dit. Car ce jour-là, le procureur est trois fois plus gros que d'habitude » (p. 125). Comme si lui qui a consenti à vivre en alimentant son obésité d'exécutions légales tirait ici une nouvelle substance de la violence et de la sauvagerie qui existent à l'état pur chez Langlois.

Aussi, Saucisse, Mme Tim, le procureur qui ont fait « ce qu'il faut pour manger de la viande » (p. 200), c'est-à-dire qui ont transigé pour accorder leurs instincts à la vie en société, viennent en gourmets observer le comportement des âmes qu'on rencontre au fond de Chalamont, d'une belle âme surtout qui « n'en a pas pris son parti », celle de Langlois.

Décrits comme ses anges gardiens — et ils le sont aussi —, ils sont des vampires qui, plus encore que de ses exécutions, se nourrissent de ses combats contre lui-même. Car si Ravanel ou Marie Chazottes sont faits de bonne viande rouge ou de beau sang bien frais propres à susciter des appétits d'ogre, Langlois est une proie plus rare et plus subtile qui intéresse tout le monde, les gros protagonistes et les autres, tous ces villageois qui, longtemps après, constataient : « on avait toujours appétit de cet homme » (p. 152) et se souviennent : « On le buvait des yeux le Langlois. Ça, c'était un homme ! » (p. 120).

VOIR ET TUER

LE REGARD QUI TUE

L'instrument de connaissance (des hommes, des âmes) le plus approprié n'est donc pas le goût mais le regard, qui permet de jouer, de jouir plus longtemps, à volonté. Une scène au début du roman (p. 15) renseigne sur cette primauté et cette cruauté du regard. Le village, coupé du monde, est livré à l'hiver le plus rude. Le point de vue narratif est alors pris en charge par un regard extérieur non précisé, voyageur égaré ou Petit Poucet. S'approchant des maisons, il voit, « collé au carreau », « un visage émacié et cruel qui regarde ». Regard sans objet, tourné non pas vers les valeurs d'intimité et de confort liées au dedans, mais vers l'insécurité extérieure au contraire et la violence latente suggérée par la flèche du clocher « coupée ras » et vers le « papillonnement de la neige » devant la fenêtre « d'un rose sang frais ». Le regard est donc cruel au sens étymologique, avide de sang comme celui « de prêtres d'une sorte de serpent à plumes », à l'affût de quelque victime.

• L'une des modalités les plus fréquentes du regard, dans ce roman, est donc le *regard vampire* qui nourrit le voyeur de la vie de l'autre qu'il observe sans relâche. Les villageois se nourrissent ainsi des faits et gestes des quatre personnages principaux au cours d'innombrables « petits affûts » (p. 150) où ils « n'en perd[ent] pas une » (p. 148). Même la si familière Saucisse, méconnaissable le jour de la battue, « on la buvait des yeux, vous comprenez » (p. 122). La narration s'organise de telle sorte que c'est toujours le mieux placé pour boire des yeux qui rend compte des faits et gestes, et de la physionomie du protagoniste. Et l'attention se fixe alors très exactement sur la qualité de son regard au moment crucial — ce regard qui seul parle et ne ment pas. « Et moi, qui étais placé de façon à bien *voir* le *regard* [du procureur], est-ce que je n'ai pas *vu clairement* dans ce *regard* [...] une tristesse infinie ? » (p. 153-154)[1].

1. C'est nous qui soulignons.

• Une autre modalité est celle, récurrente, du *regard projectile.* Ainsi Frédéric II, décidé à connaître l'identité et le domicile du tueur, pourrait se contenter de suivre sa trace sur la neige et d'aller où elle le conduit. Mais non, il veut le garder dans son champ de vision, au mépris du risque. « Frédéric II dira : " Il me fallait le voir " » (p. 67). Il obéit à un instinct majeur qu'il constate sans l'analyser, mais il prononce le mot qui nous éclaire : « comme une cible ».

Langlois et Saucisse sont dotés de ce regard meurtrier à partir du jour où ils sont désespérés. Lorsque Langlois revient au village, après le meurtre de M. V., les villageois constatent que son œil noir fixe « faisait encore bien plus trou qu'avant dans ce qu'il regardait » (p. 91). Dans les combats qui opposent Delphine et Saucisse, celle-ci ne dispose que d'une seule arme, son regard fixe, mais elle est redoutable. « Saucisse qui n'avait pas bougé d'un millimètre restait en position et fusillait la nuque » (p. 149). Au point que Delphine, comme blessée par l'impact de ce projectile invisible, s'agite et utilise sa dernière munition.

• Dernière modalité du regard qui tue, celle du *face à face* entre protagonistes où s'effectue la contagion du mal, où, à travers l'identification du meurtrier, s'effectue l'identification au meurtrier, la reconnaissance en soi de la même disposition à tuer que l'on châtie dans l'autre. Scène du tueur au miroir. Frédéric II suit M. V. dont il ne voit que le dos. Mais à un brusque détour du chemin, « le temps d'un éclair », le visage de l'homme lui fait face. « (Il dira : "À ce moment-là j'ai dit : c'est foutu !") » (p. 71). Il ne croit pas si bien dire. Mais il n'a vu qu'une tache blanche, pas des yeux. Il est sauvé. Langlois assumera l'échange des regards à sa place. Désormais « c'est foutu » pour lui.

Ce regard intense, à la limite de l'insupportable, il ira s'en faire confirmer le diagnostic lors de la visite à la brodeuse, dans un tête-à-tête d'une heure avec le portrait en pied de M. V. Il comprend alors ce qui lui a pesé, ce qu'il fuyait. Aussi essaiera-t-il à toute force d'éviter les brodeuses. Mais sans doute est-il ainsi mis au fait de ce que M. V. cherchait et de ce qu'il avait trouvé, et se voit-il confirmer ce qu'il lui a transmis lors de leur premier et trop bref face à face.

Tous les échanges de regards, entre Langlois et le loup, Langlois et le procureur, Langlois et Saucisse, aussi bien, forment les moments cruciaux où le message se passe de l'un à l'autre, message de « tristesse infinie » : je sais, tu sais, nous savons qui je suis, qui tu es, qui nous sommes, des êtres d'ennui incurable qui ont trouvé le secret du grand divertissement. C'est pourquoi le face à face est muet. On ne parle pas à sa propre image.

THÉÂTRE

Martoune regarde Langlois, qui regarde les chasubles.

Saucisse regarde Langlois, qui regarde le portrait de M. V.

Les villageois observent Saucisse, qui fixe Delphine, qui suit des yeux le colporteur.

Les villageois regardent le procureur, qui regarde Langlois, qui regarde le loup, qui regarde le chien.

La vie est un théâtre où chacun est tour à tour, souvent en même temps, acteur et spectateur. Ici peut-être plus qu'ailleurs. Tout est spectacle, c'est ce que disent le système narratif fondé sur des témoignages oculaires, les remèdes à l'ennui de type spectaculaire, la transmission du savoir par échange de regards. Tout épisode tend donc à s'organiser comme un acte de tragédie, de comédie, d'opéra, tout lieu de l'action comme une scène de théâtre.

DISPOSITIF SCÉNIQUE

Langlois a construit le *bongalove* et le labyrinthe « sur l'aire qui domine de haut l'entrelacement brumeux des vallées basses » (p. 146). Delphine a « une vue plongeante sur la route qui monte ici » (p. 147). Balcon en forêt et balcon de théâtre. Le spectacle dure huit jours ; arrivée du colporteur avec dentelles et billets doux. Mais le balcon devient à son tour une belle aire de théâtre où se joue la tragi-comédie qui, en séances quasi quotidiennes, voit s'affronter Delphine et Saucisse.

Entrées et sorties des personnages sont particulièrement soignées. Ainsi le retour de Langlois. Sur le dispositif scénique de la route, un cavalier effectue longuement « une très jolie parade » (p. 87) à cheval qui intrigue les spectateurs et lance le deuxième acte. Même intérêt lorsqu'il va porter les patentes : « On alla le regarder du haut de la placette aux tilleuls » (p. 111). Le village semble conçu pour multiplier les aires théâtrales et les points de vue privilégiés. L'arrivée du procureur dans son cabriolet est suivie pendant près d'une heure par le regard des villageois qui comptent bien faire durer encore un peu le plaisir. De même son arrivée à la battue au loup, avec cartouchière et jambes guêtrées, est un intermède comique de choix. Les fins d'acte sont également spectaculaires, surtout les morts, toujours présentées « comme sur un plateau »... de théâtre. La mort de M. V., adossé à un hêtre sur fond d'espace neigeux, à une cinquantaine de mètres des spectateurs, celle du loup entre trois parois abruptes, s'effectuent dans un décor sobrement efficace.

Le dénouement lui-même, la fin de Langlois, a lieu sur la terrasse du « Bongalove » entourée de gradins formant amphithéâtre. Les spectateurs, absents ce soir-là pour le bouquet final, viendront ensuite souvent s'y asseoir pour tenter de comprendre le spectacle qu'ils ont manqué.

COSTUMES ET MAINTIEN

La mise en scène s'accompagne d'un soin extrême porté aux costumes des acteurs. Chaque épisode important commence par une présentation de la tenue des personnages. Il est vrai que, l'hiver, la diversité des vêtements, leurs couleurs, leurs tissus réjouissent l'œil habitué à la monotonie. Divine surprise que ces deux casques de couleurs vives, la capeline rouge et le capuchon vert sur « deux grands beaux corps très coloriés » (p. 138), mis en valeur par les torches, la nuit de la battue.

Ce n'est pas tout. Au théâtre, depuis toujours le costume définit le sexe, l'âge, la qualité sociale du personnage. Dans *Un roi*, les hiérarchies sont autres et les costumes font d'autres signes. Ainsi, lorsque Langlois débouche du tournant, dans le soir gentiane et or, plus encore que sa virtuosité de cavalier, sa redingote « sanglée très étroit » et surtout son « gibus tromblon d'une insolence rare » (p. 87) signifient aux spectateurs qu'ils ont devant eux un autre homme. Ses autres tenues, soigneusement répertoriées, sont de bonne coupe, de tissu raffiné et confortable ; la main porte une grosse bague d'argent. Il est donc habillé comme le roi sans divertissement qu'il est devenu, ce qui impose une soudaine distance entre les autres et lui. Il abordera chaque épisode de l'histoire et de sa vie vêtu de l'habit qui convient.

Tout cela pour lui-même d'abord. Il sait désormais qu'il est double et que sa part civilisée joue un rôle ; il veut porter ce métier à sa perfection. Cela le divertit et divertit aussi ceux qui apprécient en connaisseurs (Saucisse). Dûment costumé, Langlois assume donc aussi bien le maintien et les répliques d'un commandant de louveterie, dans une grande mise en scène qu'il a signée, que le rôle d'un homme sans importance assoupi dans un fauteuil chez la brodeuse.

Son égale en la matière — il la dupe cependant à Saint-Baudille — est Mme Tim, ingénieur en chef du son, des éclairages, metteur en scène de génie et costumière virtuose. Elle habille ses filles elle-mêmes, en accord avec l'âme romanesque et les prénoms qu'elle leur a choisis. Elle sait au mieux tirer parti du physique ingrat de son mari grâce à une petite veste de zouave, à des pantalons à sous-pieds et à une plume de faisan sur un chapeau tyrolien. Alternativement grand-mère, hôtesse, capitaine ou grosse bourgeoise, d'instinct elle donne la réplique à Langlois ou à Saucisse qui, eux, tirent leur savoir de la vie, avec une intelligence qui fait leur admiration. Mme Tim a d'ailleurs fait installer au cœur de son château un théâtre, clair symbole de son art de vivre, signe de son goût inné. Cependant, avec « son rideau rouge peint en faux rideau », sa « grosse figure aux yeux terriblement vides et à la bouche ouverte en passe-boule » (p. 199), ce n'est qu'un vrai théâtre, prêt à accueillir comédie ou tragédie, des simulacres. Saucisse et Langlois en savent la vanité face au théâtre de la vie. Mais le commun des spectateurs ne sait pas toujours démêler le vrai du faux. La brodeuse, après hésitation, s'y laisse prendre ; les villageois s'interrogent sur le sens de ce qu'ils voient : « de quoi se dépêtraient-ils les uns et les autres avec leurs visages sur lesquels nous comprenions bien qu'ils installaient pour nous des lueurs de joie artificielles ? » (p. 151). Pas si bêtes. Mais où s'arrête le jeu, où commence le désespoir ? Pour eux c'est toujours un aliment. Le jeu, ils apprécient en connaisseurs, le désespoir ils en profitent. Lorsque Saucisse parle enfin, un témoin raconte : « C'est l'époque où l'on a commencé à profiter du désespoir de Saucisse » (*ibid.*). Profiter : ici encore dans l'acception méridionale, c'est-à-dire prendre son plaisir mais aussi engraisser. Les spectateurs profitent d'un spectacle qui leur profite, c'est-à-dire qui les captive, les nourrit et les engraisse, en bons vampires qu'ils sont eux aussi.

LE GRAND JEU

CÉRÉMONIES

En contrepoint au sobre et mortel face à face, où s'échange le mal entre protagonistes, se déroulent de somptueux spectacles, des sortes de féeries barbares totales où chacun, à la fois spectateur et acteur, tient son rang, et dont le message s'étale cette fois, visible aux yeux de tous : automne en Trièves, messe de minuit, battue au loup.

AUTOMNE EN TRIÈVES

Pour cette arrivée solennelle, le paysage tout entier s'agence comme un théâtre parfaitement rond, dominé par les plus hautes montagnes étagées en gradins et s'orientant, autour d'un frêne meneur de jeu, vers une conque d'herbe centrale, la scène. Le spectacle s'annonce, comme il se doit, par trois coups, visuels, brusques changements de couleurs du frêne métamorphosé en « prêtre-guerrier » (p. 36).

Toute la thématique du spectacle à venir est en germe dans ces trois coups : richesse et exotisme amérindiens par le perroquet et l'or, violence guerrière par le casque et l'armure, caractère sacré par le prêtre. Nous sommes chez les Conquistadors en quête de Grandes Indes, pour l'or et pour la gloire de Dieu. Dès lors, dans un déchaînement de couleurs vives qui vont du jaune d'or au rouge sang, les arbres deviennent alternative-ment des troupes militaires et des proces-sions de clergés, catholiques ou pas, aussi inquiétantes les unes que les autres dans leur marche vers quelque cérémonie inéluctable, conquête ou sacrifice, massacre ou héca-tombe, tuerie transfigurée en fête sacrée par la mise en scène d'un rituel bien réglé avec costumes, éclairages et fond musical lanci-nant de crécelles. Ce qui se passe en fond de scène, dans la conque, simule une sorte de sacrifice où « pétrisseurs de sang » et « bat-teurs d'or », des Aztèques donc, rendraient un hommage frénétique à leur dieu faiblis-sant, le soleil d'automne avide de sang pour renaître. Les couchers de soleil décrits comme des mises à mort appellent en effet la cruauté : « L'Ouest [...] saigne sur des rochers qui sont incontestablement bien plus beaux sanglants que ce qu'ils étaient [...] les soirs d'été » (p. 37).

La description de l'automne est immédiate-ment redoublée par celle du hêtre de la scierie (p. 38-39). Sans doute est-ce l'être naturel le plus apte à représenter la divinité païenne annoncée. Il est la sphère universelle, le grand tout mêlé d'eau (le soleil, en lui, se décompose « en arcs-en-ciel comme à travers des jaillissements d'embruns »), d'air (« pétri d'oiseaux et de mouches »), de terre (par ses racines et ses bras « de serpents verts ») et de feu (il crépite « comme un brasier »). Appartenant au règne végétal, il est aussi minéral (par la « densité de pierre » de son feuillage), animal (par tout son chargement d'insectes, d'oiseaux, de mammifères à poils cramoisis et de serpents), humain (ses mains, ses bras, sa danse en font un acrobate), et divin. Divin parce que — à la fois un et multiple — il concilie, comme un point ou un être suprême, les qualité contraires, élégance et poids, immobilité et mouvement, silence et bruissement. Dès le début, à deux reprises, l'arbre a été comparé à Apollon, dieu du Soleil, à qui les Grecs offraient des hécatombes. Il a été aussi évoqué, au printemps, dans « son épais pelage de bourgeons » qui le rend semblable à « la dépouille d'un de ces énormes taureaux d'or du temps d'avant les voûtes » (p. 32). Vêtement d'apparat du taureau de Mithra ou d'Apis Osiris, dieu de la Mort ? Dieu syncrétique en tout cas, de la Grèce, de l'Afrique, de l'Asie aussi, avec ses mille bras et sa danse d'être surnaturel qui l'apparente à Çiva, déesse hindoue de la mort et du renouveau avec sa ceinture de crânes autour du cou. Dieu enfin des Indiens d'Amérique, boule de feu, rouge et or, brasier nourri de tout et nourrissant tout, un soleil tel que se le représentaient les Aztèques.

Cet autre spectacle total est une fête chrétienne où se commémore la naissance du Christ sauveur, au début de l'hiver. Ce n'est qu'une apparence. On sait déjà que le curé, malgré « l'ora pro nobis gravé sur le linteau de la fenêtre » (p. 15), peut cacher sous sa rassurante soutane l'âme peu catholique d'un prêtre aztèque, lui aussi. Toute messe célèbre un sacrifice humain (même s'il s'agit d'un Dieu fait homme), un repas barbare fait du corps et du sang (même symboliques) d'un homme. À l'occasion de Noël, la célébration s'offre comme une fête où les villageois s'approvisionnent en sensations dont la neige les prive. Odeur précieuse de l'encens qu'on brûle, en souvenir des Rois Mages venus d'Orient, et richesse violente des couleurs : chasubles dorées, candélabres dorés, cierges entourés de papier d'étain, ostensoir en cuivre plus rouge que doré où se trouve exposée l'hostie. Et pour accompagner toute la fête, le brasier des lanternes, des flambeaux, des cierges, avec leurs « flammes droites comme des fers de lances » (p. 57). Si la messe d'ordinaire ne réunit que quelques bigotes, celle-ci attire tout le village, hommes et femmes, jeunes et vieux, gais ou tristes. Ce n'est donc pas le contenu catholique de l'office mais bien la cérémonie rouge et or, évocatrice de rite sanglant, qui les rassemble autour de l'objet central, l'ostensoir qui rayonne comme un soleil de minuit.

Cette cérémonie prodigue à Langlois deux renseignements d'importance. C'est en contemplant le spectacle de la messe de minuit que, pour la première fois, il se glisse dans la peau du meurtrier et comprend que la cruauté et le sacré ont été mis en scène, ce soir-là, de façon assez spectaculaire pour fournir à celui-ci la ration de forte nourriture que son organisme réclame, sans qu'il ait besoin de se servir lui-même.

Cependant, deuxième point, il a encore besoin de vérifications. Langlois, en bon enquêteur, va donc décomposer les éléments de la scène, non du meurtre — il n'a aucun indice — mais du divertissement qui l'a empêché, seul matériau dont il dispose. Il va retourner à la cure pour revoir, un à un, les objets du culte et tester leur pouvoir effectif de fascination, la chasuble dorée, l'ostensoir. Résultat, « Langlois regarda et, après avoir regardé, s'en alla. [...] Et barca » (p. 100). Silence et déception des villageois voyeurs. Mais Langlois, lui, a appris que les objets ne sont porteurs d'aucune valeur nutritive personnelle. Leur pouvoir tient à la mise en scène d'ensemble qui les transforme en plus qu'eux-mêmes, en blasons et emblèmes d'un culte barbare.

LA BATTUE AU LOUP

Ce troisième spectacle majeur allie lui aussi la thématique guerrière et la thématique sacrificielle aux motifs de la fête, car il s'agit cette fois de tuer vraiment. Chacun, pour l'occasion, a revêtu son habit du dimanche, les grands acteurs leur tenue de gala ou leur uniforme. Langlois a préparé son plan de bataille avec la précision d'un général. Les troupes, réparties selon des impératifs stratégiques et organisées de façon militaire, obéissent à des consignes strictes données par les sonneries du cor, qu'il s'agisse d'avancer ou de « s'écarter en tirailleurs » (p. 126). L'ordonnancement est si parfaitement réglé que les tirailleurs, approchant de leur objectif, se sentent devenir « de fameux grenadiers », et que s'impose l'image de la plus mémorable victoire de l'empereur, Austerlitz, célèbre pour son soleil. Curieusement pourtant, l'acte final se passe non de jour, comme il serait logique, mais après la nuit tombée. Langlois a appris cela de la messe de minuit : mieux que le jour, la nuit permet la mise en scène. On retrouvera donc les éclairages de torches appuyés par l'équivalent sonore des riches et vives couleurs, les sonneries héroïques des cuivres, rythmant la violence croissante de la battue.

Les rituels ici décrits empruntent donc aux domaines les plus variés, de la messe à la chasse à courre, des grandes fêtes civiques ou militaires aux fastes religieux les plus éclatants. Toutefois les allusions les plus fréquentes ramènent aux épisodes sanglants des diverses religions : sacrifice d'Isaac par Abraham pour les Juifs, mise à mort de Jésus pour les chrétiens ; elles mobilisent aussi les moments les plus spectaculaires de l'histoire des religions, des sanguinaires papes Borgia aux Conquistadors accompagnés de leur clergé d'Inquisition. Toutefois la référence majeure renvoie aux religions solaires et parmi elles, à celle des Aztèques revue et corrigée par Giono.

Le Serpent à plumes, cité au début du texte, puis synthétisé dans le hêtre mêlé de serpent et d'oiseaux, fut, sous le nom de Quetzalcoatl, un dieu pacifique. Mais il fut détrôné et mis à mort par Tezcatlipoca, le dieu Jaguar, escorté de tout un cruel panthéon dont Xiuhtecuhtli, dieu du Feu, insatiable buveur de sang. Déjà, dans *Les Vraies Richesses*, peut-être également appelée par la splendeur de l'automne en Trièves, et en tout cas soutenue par la lecture passionnée du *Rameau d'Or* de Frazer, la religion aztèque était largement présente. Elle était utilisée à d'autres fins, comme métaphore d'une économie moderne, industrielle et capitaliste, dévoreuse d'hommes et de richesses naturelles.

Car cette « Histoire d'hiver » est d'abord un hymne au Soleil sur fond de neige, qui semble né d'une peur primale : et si l'hiver n'avait pas de fin, si le soleil allait ne pas renaître, s'il avait profité de l'interminable nuit pour exploser à notre insu ? Cette image d'une déflagration solaire intervient à plusieurs reprises, par exemple pour évoquer Saucisse proche de sa fin, et son visage « sur lequel éclatait comme un soleil la connaissance de toutes les lois dans tous leurs déclenchements les plus secrets » (p. 146). Surtout, elle fournit le modèle de la mort spectaculaire de Langlois dont une cartouche de dynamite fait exploser la tête comme un soleil éclaboussant tout l'univers. La première occurrence insistait, elle, sur l'image d'un monde solitaire, froid et sombre à jamais, abandonné à ses peurs préhistoriques d'éclipse ou de glaciation : « il n'y a plus que les amas croulants de cette épaisse poussière glacée d'un monde qui a dû éclater » (p. 15). Bachelard a raison : « De toutes les saisons l'hiver est la plus vieille[1]. » Les moyens d'en conjurer les peurs sont des réponses aussi anciennes : donner au dieu cruel sa ration de sang bien rouge, bien tonique, au cours de fêtes magnifiques. Décidément cette histoire moderne traite de sujets vieux comme le monde. Pourtant Giono innove encore. Au bout de la mise en scène barbare, l'apparat s'inverse en dénuement, le fracas en silence, l'hystérie en sommeil, la fête s'achève en cet échange muet de regards déjà évoqué, et la mort se résume à une petite flaque rouge sur la neige.

1. *La Poétique de l'espace*, Paris, PUF, 1957, p. 53.

LE ROUGE ET LE BLANC

Le blanc est la couleur de l'hiver en montagne, des nuages et de la neige qui ferment le paysage, et privent l'homme de toute jouissance sensorielle. Le blanc est la couleur des cellules de moines que rien ne doit distraire de leur quête d'absolu. Langlois, lorsqu'il construit le « Bongalove », se fait une cellule de moine. Autour, « neige à perpétuité » (p. 222) ; dedans, murs blanchis à la chaux. Mais qui est capable d'un ascétisme pareil ? Le narrateur des *Grands Chemins*, chronique postérieure à *Un roi*, posera la théorie d'une dynamique des couleurs, engendrant celle du récit : « Le silence et le blanc font un tel vide qu'on a envie de mettre du rouge et des cris dans tout ça avec n'importe quoi[2]. »

2. Pléiade V, p. 538. Voir Dossier, p. 187.

Ce qui met le blanc en valeur n'est en effet pas le noir mais le rouge. Et si le blanc est celui de la neige et le rouge celui du sang, le contraste visuel s'alimente de bien d'autres qui viennent en renforcer l'effet : froid et chaleur, immobilité et mouvement, fluidité et cristallisation, revêtement extérieur et irrigation intérieure. Pour que le charme atteigne sa plus grande efficacité, il faut que le sang coule. La neige était le linceul de la vie, elle devient alors son écrin. Sur les murs blancs de leurs cloîtres des montagnes, les moines ont inscrit des fantasmes d'une extraordinaire violence, le thème est posé dès le début du roman. Lorsque Langlois revient, après avoir exécuté M. V. dans un paysage enneigé, il est jugé à la fois « monacal » et « militaire » (p. 91). C'est dire combien il a avancé dans la science des deux couleurs et aussi des deux substances complémentaires.

Les êtres les plus simples sont eux aussi accessibles à ce charme. Bergues, paysan fruste, s'émerveille du spectacle qu'il a contemplé : « du sang en gouttes, très frais, pur, sur la neige » (p. 23). Ravanel, propriétaire du cochon entaillé, confirme que « le sang, le sang sur la neige, très propre, rouge et blanc, c'était très beau » (p. 25). Très beau et même fascinant puisque, disant cela, ils paraissent, l'un et l'autre, un peu bizarres, comme hors d'eux-mêmes.

Pour tous, sans exception, le sang sur la neige, parfois sous des formes symboliques ou détournées, représente l'obscur puis l'aveuglant objet du désir. On a déjà cité la scène où les villageois guettent, parmi du blanc, le pourpre des ombres et le rose « sang frais » des reflets. Mais que signifie le geste du bon curé de campagne qui « à chaque instant » ravive à la peinture rouge les gouttes de sang qui coulent sur le front du Christ de plâtre (p. 97) ? Ce « bel homme » (p. 19), à forte carrure, sacrifie au réalisme sans doute, mais n'obéit-il pas à de plus secrètes pulsions ? Et Delphine, beaucoup plus tard, elle qui, peut-être grâce à Saucisse, n'est plus si bête, que fait-elle ? Elle contemple extasiée, émergeant du fond brumeux des vallées, le parapluie rouge du colporteur (p. 148), si insistant à présent, lui qui, au début du texte, ne servant à personne, était bleu (p. 90). Qu'apportera un jour le colporteur ? L'amour et ses batailles, le choléra et ses violences, comme dans *Le Foulard de Smyrne* [1], ou la *Veillée des chaumières* avec ses images de loups ? (p. 134).

1. Court-métrage de Giono sorti en 1958, où un colporteur propage, sans le savoir, le choléra.

Tous les grands connaisseurs de l'âme humaine savent la puissance de fascination du rouge sang et du blanc neige, et ils en jouent. Mme Tim se donne elle-même à voir entre des grappes d'enfants qui « giclent » autour d'elle, comme du jus de raisin ou du sang, et ses derniers-nés enveloppés dans « des cocons blancs » (p. 109). Sa table, dressée pour prendre au piège de ses cristaux la lumière du ciel et la décomposer en arcs-en-ciel, pétille comme un brasier et rappelle le spectacle total du hêtre. Or, au centre de ce chef-d'œuvre d'artifice voisinent, dans des carafes de cérémonie, une « belle masse de vin pourpre » et « les flaques laiteuses des porcelaines » (p. 201). Le procureur royal,

1. Voir Dossier,
p. 182.

pour le film voulu par Giono[1], se fait accompagner tout l'hiver par un jeune groom vêtu
de rouge, complément qui lui est nécessaire
pour jouir du paysage de neige. Etc.

JEU DE L'OIE

« Ce n'est pas des assassinats de femmes »
(p. 44), dit Langlois à Saucisse, et assurément nous ne sommes pas en présence de
crimes à caractère sexuel, même si Marie ou
Dorothée sont des jeunes filles qui ne « fré-
quentent » pas encore. Giono ne souhaitait
pas qu'on s'arrête à cette interprétation —
témoin Bergues, Ravanel et Delphin-Jules. Il
est toutefois difficile d'évacuer de cette fascination pour la cruauté toute composante
sexuelle, car si du sang est toujours du sang
une fois versé, le contraste entre rouge et
blanc semble décisif dans ce roman et dans
d'autres pour juger de la beauté des femmes.
L'enveloppe laiteuse de la peau semble le
gage du beau sang vermeil qui coule dans la
profondeur de leurs veines. La bergère de
l'horloge, rose et blanche ; Dorothée, qui lui
ressemble ; Marie Chazottes, « blanche
comme du lait » et dont le narrateur définit
intuitivement, mais avec gourmandise, « la
qualité du sang, le vif, le feu » (p. 48) ; Delphine, qui sera décrite dans l'éclat « de ses
quarante ans opulents et laiteux » (p. 146) :
toutes sont faites sur le même modèle,
comme aussi la Pauline d'*Angelo*[2], jouant du
Brahms devant le héros dans « une robe
pourpre un peu dorée » qui met en valeur « sa
nuque de marbre ».

2. Pléiade IV,
p. 133.

Ce goût passerait presque inaperçu si brusquement, comme par association incontrôlée, ne venait se superposer à la contemplation de cette beauté blanche rehaussée par du rouge, la vision très étrange d'une oie qu'on saigne.

La première occurrence de cette image suit la phrase de Ravanel au sujet de la beauté du sang sur la neige. Elle est prise en charge, dans une parenthèse, par un narrateur qui, intervenant à la première personne, de façon fort indiscrète, peut probablement être identifié comme l'auteur lui-même, livrant dans cet aparté sa référence livresque : « (Je pense à Perceval hypnotisé, endormi : opium ? Quoi ? Tabac ? aspirine du siècle de l'aviateur-bourgeois hypnotisé par le sang des oies sauvages sur la neige) » (p. 25). La référence au livre de Chrétien de Troyes[1] mobilise une scène où le héros contemple les gouttes de sang qu'a laissées sur la neige une oie sauvage blessée en vol par un faucon. Le contraste des couleurs appelle à l'esprit de Perceval, comme automatiquement, l'image de sa bien-aimée Blanchefleur. Perceval, plongé par ce spectacle dans un état de transe hypnotique, affronte avec son épée tous ceux qui tentent de le réveiller, dans un accès de violence où, sans doute, il punit les autres de ses propres pensées, car l'ensemble se déchiffre aisément comme un fantasme de profanation sexuelle.

La même scène intervient, allusivement, à la fin de la description du grand hêtre dont la « virtuosité de beauté hypnotisait comme [...] le sang des oies sauvages sur la neige »

1. Voir Dossier, p. 164.

(p. 39). La comparaison est très inattendue puisqu'il n'est pas question d'oies sauvages pour le moment chez ces paysans à basse-cour et puisque rien, ni dans le paysage d'automne, ni dans le hêtre, n'est blanc. En revanche tout y est d'un rouge cruel et c'est seulement lorsqu'on lit la suite de l'histoire qu'on comprend, rétrospectivement, que le blanc était déjà là, au cœur de l'arbre, avec le cadavre de Marie Chazottes. Aucune raison logique ne justifie donc ici l'intervention de ce spectacle particulier d'une oie qui saigne, sinon une obsession du narrateur-auteur.

Dans le roman suivant, *Angelo*, l'obsession sera déléguée à Angelo, ce frère lumineux de Langlois, fixant la nuque de marbre de Pauline d'un œil aussi inquiétant que Saucisse la nuque laiteuse de Delphine. Il se dit d'abord : « Elle est très belle », puis aussitôt : « je suis hors de moi-même comme Perceval devant le sang des oies sur la neige[1]. »

1. Pléiade IV, p. 133.

L'oie, on le sait, est un animal généralement convoqué pour sa sottise. Anselmie et Langlois lui-même seront, à leur heure, qualifiés de « bête[s] comme une oie ». Mais, dans le langage courant, une oie *blanche* est aussi une jeune fille innocente qui ne connaît encore rien de la sexualité, encore moins de la perversion. C'est le cas de Blanchefleur, encore surdéterminée par son nom, ou de Marie Chazottes, surdéterminée par son prénom. Ce qui confirme que dans le désir de voir couler le sang des oies, des oies blanches, s'exprime un fantasme sexuel de défloration.

Ainsi s'explique la scène finale d'*Un roi* où Langlois s'abîme dans le spectacle d'une oie qui saigne sur la neige, une oie qu'il a fait égorger exprès sous ses yeux. La contemplation médusée du sang qui s'égoutte, puis de la petite flaque rouge sur la neige, lui apporte le diagnostic sans appel de la gravité de son mal. Il se sait désormais à la limite extrême du passage à l'acte. Car, celle qu'il a épousée, Delphine, est une très belle femme, à la peau très laiteuse. Elle est aussi à la fois bête comme une oie et, dans son genre, innocente comme une oie blanche, sans humour, sans malice, sans recul, mais aussi, curieusement étant donné son état de femme vénale, incapable de détourner Langlois de ses obsessions ou d'en extraire de quoi vivre à deux, bref sans grand savoir sexuel[1]. Langlois sait donc d'absolue certitude qu'un jour de neige ou un autre il la tuera.

Mais Langlois a raison aussi lorsqu'il affirme qu'il ne s'agit pas de meurtres de femmes ; le crime sexuel n'est en effet qu'une variante, sans doute la plus exquise, d'un désir de meurtre beaucoup plus général et finalement plus rentable. Car si n'importe quelle victime peut faire l'affaire à condition d'être riche en beau sang, la matière première nécessaire à la jouissance ne saurait manquer, même dans un hameau.

1. Voir « Sur *Un roi sans divertissement* » de Pierre Citron dans *Giono aujourd'hui* Aix-en-Provence, Édisud, 1982, p. 172-181. Cf. Dossier, p. 174.

HYPNOSE

Au moment où s'effectue et vient de s'effectuer l'acte de tuer, advient, pour l'auteur devenu spectateur du sang qui coule, une sorte de petite mort. Un instant hors de lui-même, il vit d'une vie apparente ralentie ; en fait il est ailleurs, comme Perceval, délivré de toutes les pesanteurs et même de ces désirs qui d'habitude le privent de tout repos.

C'est l'état de M. V. lorsque Frédéric l'aperçoit pour la première fois, immobile sous le grand hêtre malgré l'orage. Celui-ci, avec son jugement d'homme qui n'a encore jamais dépassé les bornes, le trouve bête et « dénaturé ». En fait M. V., qui a déjà tué Marie Chazottes, est bien au-delà des peurs terrestres et des conduites appropriées au quotidien. Aveugle et sourd au réel, il est « paisible » et « content », hors du temps, du lieu, de la loi.

Chacun en fait l'expérience lors de la battue aux loups. Au moment où, en fin de journée, tous les participants en sont arrivés à un paroxysme de tension et de désir de meurtre (p. 130), soudain tout s'apaise. La fureur fait place à la contemplation muette d'une scène qui offre à chacun tout ce dont il a besoin. Le loup, dans un climat de paix et de silence inattendus, s'est couché, fasciné par la vue du sang du chien qu'il vient de tuer sur la neige. Par la grâce de ce spectacle, les torches, rouge et feu, si menaçantes, se font colombes messagères de paix, les villageois patibulaires, soudain calmés, se changent en autant d'opiomanes ou de... dormeurs du val. Comme la forêt devant le grand hêtre, comme Langlois devant le sang de l'oie, soudain et comme à jamais délivrés de toute peur, de tout autre désir que de rester là et de voir.

1. Lire tout le cha-
pitre « Les courses
de Lachau », et en
particulier les
p. 1 3 9 - 1 4 1
(Folio). Cf. Dos-
sier, p. 154.

C'est *Deux cavaliers de l'orage*[1] et non *Un roi sans divertissement* qui développe le sens de cette fascination, en
en faisant le thème central d'un épisode et d'un discours tenu par Marceau un soir d'hiver où les femmes
sont réunies pour préparer en tripes, saucisses, bou-
din, le cochon fraîchement tué : « Quelle histoire ! la
plus grande histoire du monde, il n'y en a même pas
d'autre » ; et il explique : « Le sang est le plus beau
théâtre. » Selon lui, montrer un homme qui saigne
dans les foires serait la plus prodigieuse attraction et
apporterait la richesse au forain. Sacrifier des hommes
en haut d'une montagne de façon à ce que coulent
d'intarissables ruisseaux de sang apporterait le pouvoir absolu. Tous se mettraient, en effet, à remonter la
piste, attirés par le spectacle, pour regarder à n'en plus
finir : « Ils regarderont le théâtre du sang, sans bouger,
comme endormis. »

Faire ce que l'on ne doit pas faire et transgresser le premier commandement : « Tu ne
tueras point », puis voir ce que l'on ne doit
pas voir et se donner la chance de contempler
dehors ce qui devrait être dedans ; avoir
l'occasion d'assister à la fin de la vie d'un
autre exposée et non défaite dans le secret du
corps, c'est s'arroger un point de vue interdit,
celui du Créateur. Le « théâtre du sang » permet cette ubiquité : avoir le sentiment de sa
propre vie bien chevillée au corps, tout en la
voyant se défaire par personne interposée,
jouir de la vie et de la mort en même temps,
être celui qui meurt tout en restant en vie, soi
et l'autre, mourant et vivant. M. V.

VII LE MÊME
ET LE MONSTRE

LE MONSTRE

Tuer les gens, passe encore si c'est pour les
voler ou les violer. Ça ne se fait pas, mais on
peut comprendre. Les escamoter sans laisser
la moindre trace et sans aucun mobile imagi-
nable, voilà qui dépasse l'entendement. Car
il ne s'agit pas de meurtres, au départ, mais
de disparitions en série. La victime tourne le
coin de la maison et s'évanouit, comme si
elle n'avait jamais existé.

Aucune hypothèse raisonnable ne tient.
Celle de l'enlèvement résiste peu. Le haut
pays ne fait pas dans le romanesque. Les
étrangleurs de bergères, certes, on connaît,
mais ils n'opèrent pas l'hiver, à deux pas de la
mère. Les braconniers, pourtant chez eux
dans les pires recoins forestiers, reviennent
bredouilles. Le printemps ne rendra pas le
corps de Marie Chazottes.

Le portrait se précise un peu après l'atten-
tat manqué contre Ravanel le Petit. Un
témoin, son propre père, a aperçu « un
homme qui courait » (p. 21) et, pour une
fois, on a trouvé des indices : des traces de
pas, certes « rapides, à peine posés » (p. 23),
mais des traces quand même, et des gouttes
de sang. Il s'agit donc d'une créature de
chair.

Soit, mais alors une créature monstrueuse.
D'abord Bergues voit de ses yeux les traces

se perdre dans les nuages. À croire que l'être s'est soudain métamorphosé en oiseau. L'étude de l'espace nous a appris que Bergues n'est pas si loin de la vérité. Mais, sur place, le mystère s'épaissit.

Confirmation en est donnée par Langlois lui-même. Celui-ci, par déduction, découvre l'emplacement où Bergues a été tué et prouve ainsi qu'on peut partiellement comprendre la créature. Mais il se heurte au casse-tête du mobile puisque ni l'âge ni le sexe des victimes ne fournissent d'indice.

Ces fantaisies installent l'idée d'une créature humanoïde mais « de l'autre monde ». Les villageois dans leurs maisons de carton pensent à « cet... hé ! oui, cet homme qui rôdait, ce fameux dimanche-là [...], en quête de (en quête de quoi, en réalité ?) » (p. 25), et leur peur invente une forme corporelle vague et démesurée née des bruits du dehors et du dedans, ceux que d'habitude ils entendent sans y prendre garde. C'est « comme une main qui frôle le contrevent » (p. 26) ou autre chose, « comme des pas étouffés dans la paille » (p. 27), des frôlements, gémissements, sifflotis, volettements, frémissements, craquements qui ramènent à cette présence indéfinissable : « Serait-ce ?... Est-ce que c'est ?... » (*ibid.*). Un fantôme de chair et de vent, épouvantable.

Plus tard, le loup, suscitant les mêmes inquiétudes, passera à son tour par les représentations les plus fantasques, authentifiées par la collection de monstres répertoriée dans la bibliothèque du très sérieux historien de Prébois.

Giono insistera sur cette piste du monstre mi-homme mi-loup lorsqu'il choisira pour tourner la version filmée d'*Un roi*, non pas le Trièves, mais le plateau de l'Aubrac, réputé pour avoir engendré la « Bête du Gévaudan ». Entre 1765 et 1768 une cinquantaine de personnes disparurent en effet sur ce haut plateau. On en rendit responsable une bête monstrueuse que personne ne vit jamais. Pourtant, une vingtaine d'années plus tard, en 1787, on découvrit et tua un grand loup-cervier qu'on voulut reconnaître comme le coupable de ces disparitions. Mais qui pourrait dire avec certitude qu'il l'était ?

C'est d'abord un loup superlatif, loup-cervier ou loup-garou, capable de s'attaquer à bien plus gros que lui — non pas le survivant craintif d'une espèce en voie de disparition au milieu du XIXe siècle, mais bien le redoutable chef d'une de ces familles qui terrorisaient voyageurs et villages en l'an mille. Capable de tuer en une nuit un cheval, une vache et quatorze brebis, ce qui est trop pour un seul loup.

Le narrateur de la battue en fait un animal fabuleux tout droit issu de l'*Enfer* de Jérôme Bosch, semblable à « une énorme oreille à vif » qui serait aussi un « entonnoir embouché dans les queues d'un paquet de mille vipères » (p. 135) bourrées de venin, un monstre composite et délirant accordé à l'hystérie de cet épisode barbare. Puis l'animal se transforme encore brusquement, comme une illusion, et il emprunte au rôdeur mystérieux du début la façon qu'il avait de sembler être une créature de vent. Il se dérobe aux regards, se déplace en silence d'une manière plus aérienne que terrestre, donnant à voir tout juste « une esquive grise, comme le balancement d'une branche de sapin », « une fuite souple » comme « le geste endormi d'un rameau qui se délivre de son poids de neige » (p. 132). Les mêmes mots naissent de la même inquiétude.

Le monstre, homme ou loup, est ainsi, dans un premier temps, pourvu par la peur des hommes et par leur imagination naïve du corps hybride des chimères médiévales, du corps changeant, né des illusions vaporeuses et de l'esprit malin, d'un être mauvais dont les raisons sont incompréhensibles — « n'importe quoi, qui peut faire n'importe quoi » (p. 26).

Il faudra bien se rendre à l'évidence. Ce que les villageois vont voir à la fin de la battue est précisément « le contraire de ce à quoi on s'était attendu » (p. 132), un loup tout simplement. De même, le tueur n'aura été un être fantastique que dans leur imagination. Frédéric, stupéfait, avouera : « Je m'attendais à voir ce que je n'avais jamais vu » (p. 84). Or il a sous les yeux ce qu'il voit tous les jours autour de lui et dans son miroir, un homme tout simplement.

M. V.

Face à ces chimères, toute une série de portraits fait du tueur l'être le plus banal qui soit. Le jour de l'orage, Frédéric II aperçoit un homme qui, au mépris du bon sens, s'abrite sous le hêtre géant de sa scierie. Sans doute un de « ces commis voyageurs qui viennent ici l'été [...] pour les machines » (p. 32). Un étranger au village, mais d'allure assez familière pour que, spontanément, on lui invente une raison d'être là. Sa passivité étonnante devant le danger qui, on le comprendra plus tard, est l'hébétude provoquée par l'acte de tuer, est justifiée par Frédéric II qui la verse au compte de la stupidité, toujours rassurante. L'homme n'est qu'un « pauvre couillon » sans cervelle. Pour le reste il est semblable à Frédéric qui, après l'avoir sauvé de force en l'entraînant à l'abri, reste accroupi une bonne heure près de lui, « si près qu'ils se touchaient de l'épaule et du bras » (p. 35), comme deux frères siamois.

L'autre portrait date de l'année suivante et se fait en trois temps : identification de l'assassin par Frédéric, arrestation et exécution par Langlois. Par hasard Frédéric entend du bruit dans le hêtre et, dissimulé, regarde ce qui va en sortir, prêt à toute apparition, même la plus saugrenue : « quelque chose, ou quelqu'un, ou une bête, un serpent » (p. 62). Un serpent par temps de neige ? Surprise, ce n'est ni un loup ni un serpent, mais « une botte, un pantalon, une veste, une toque de fourrure, un homme ! » (*ibid.*). L'habit fait l'homme et défait le monstre sous les yeux d'un Frédéric incrédule qui répète sans se lasser : « Alors, l'homme ? C'était l'homme ! » (p. 65). Et désormais, pendant toute la traque, l'être, la créature ne sera plus désignée que par ce nom, générique.

Aucun détail précis ne sera jamais donné sur sa physionomie. Frédéric ne verra de lui qu'« une tache blanche sous la toque de fourrure » (p. 71). Une tache blanche sur la neige. M. V., ou l'homme sans visage.

Lorsque l'homme arrive à un village, comme tous les villages, la narration s'ingénie à souligner son côté ordinaire et rassurant : « il a dénoué de son cou un cache-nez, très humain » (p. 74). Il a une maison cossue, une famille, un petit garçon, comme Frédéric exactement. Seul détail, il fume la pipe, mais tout le monde en fait autant, Bergues, Delphin-Callas et Giono en tout cas. Plus tard, lors de l'exécution, Frédéric est frappé par son « air familier » et insiste beaucoup sur ce point. La justification se lit à deux niveaux, l'un est interne au récit et superficiel : il s'agit du couillon de l'année passée. L'autre est plus général : l'homme est habillé comme tous les hommes l'hiver et rien ne surprend en lui : « C'était un homme comme les autres », en effet.

Le récit manœuvre habilement pour mener à ce constat. Car à aucun moment M. V. — qui est le tueur sans aucun doute possible — n'est vu en position d'assassin ou dans une scène qui pourrait susciter révolte ou indignation. Sous son habit d'homme il reste du début à la fin une image lisse et paisible, et il faudra s'en tenir là, car la narration le prive de toute intériorité. En revanche, les abîmes, les ruses, les mauvaises pensées, la cruauté des loups, on les recense tous dans l'âme et l'esprit de Frédéric, l'honnête scieur de planches. Et ses regards pendant la traque, rivés sur le paisible promeneur comme sur une cible, sont bien ceux d'un authentique tueur. Le lecteur, qui n'a assisté à aucun des crimes de M. V., assiste pour finir à son exécution. D'où l'on conclut que même si cette victime est le meurtrier, le Meurtrier est la Victime, M. V.

Ces initiales et ce nom que Giono ne donne pas au personnage méritent encore quelques éclaircissements. Bien sûr, M. V. est l'ébauche d'un nom, pour faire semblant, comme dans le journal lorsqu'il s'agit d'un assassin présumé dont la culpabilité n'a pas (encore) été démontrée — ce qui est le cas ici, puisqu'il n'y aura pas de procès. On préserve ainsi l'incognito et l'honneur des futurs V. qui, après tout, ont le droit de lire tranquilles du Nerval dans leur jardin de curé. Bien sûr aussi, à l'époque où Giono écrit, et depuis Kafka et les romanciers américains, on évite volontiers à ses personnages la caractérisation trop facile, trop XIXᵉ siècle, d'un nom. Les initiales sont un excellent moyen de conserver au meurtrier une généralité qui lui va bien.

Le titre donné au premier épisode publié dans les *Cahiers de la Pléiade* nous en dit plus : « *Monsieur V., Histoire d'hiver* ». M. signifie donc banalement Monsieur. Le manuscrit, lui, porte tout au long un vrai nom : « Monsieur Voisin », tellement explicite que Giono a reculé. Avec M. V., il a fait plus sobre et surtout plus équivoque, donc accueillant à des significations multiples. Monsieur Voisin est un être familier que chacun salue au passage comme Moi mon Voisin. Mais M. V. est aussi Moi et Vous, une expression souvent reprise dans le texte — même si, pour des raisons de convenance

et d'euphonie, les termes en sont inversés —
et très accueillante elle-même. Elle désigne
tantôt le narrateur et le lecteur (« il y eut un
de ces automnes opulents que nous connais-
sons, vous et moi », p. 35), tantôt deux personnages du récit, aussi sérieux que Langlois
et le curé par exemple (« Nous sommes des
hommes, vous et moi », p. 57, dit Langlois),
tantôt encore tout un chacun (« c'était donc
tout aussi bien vous ou moi, n'importe qui,
tout le monde était menacé ! », p. 24). Les
deux initiales, oubliant un Monsieur singulier, finissent par absorber dans leurs angles
toute la communauté humaine. Elles insis-
tent sur le fait que Moi est Vous, ou le
contraire, que le Meurtrier est la Victime, ou
le contraire. Elles installent le lecteur au
cœur d'une problématique de l'identité — en
faisant du gendarme et de l'assassin, et des
autres, des frères — et d'une problématique
du dédoublement, chacun étant à la fois le
monsieur (ou la dame) bien sous tous rapports et le monstre caché sous les apparences
multiples d'un uniforme de gendarme, d'une
ample jupe de bourgeoise, d'un habit de procureur ou de la tenue d'hiver passe-partout
d'un villageois familier de la toque aux
bottes, un voisin. La scène très symbolique
de la marche au supplice montre cinq
hommes à la queue leu leu, cheminant au
même rythme, à cent mètres l'un de l'autre :
l'assassin, Langlois, deux gendarmes et Frédéric. Et celui qui règle le pas de ce ballet des
lycanthropes, l'initiateur en qui tous finissent, plus ou moins, par se fondre, c'est
M. V.

LE LOUP

D'abord imaginé comme un monstre de légende, le loup suit donc la même transformation progressive que M. V. Au fur et à mesure que les hommes s'en rapprochent, il reprend la taille et l'allure d'un simple habitant des forêts, nuisible, sanguinaire, mais en somme familier. Toutefois, sur la fin de l'épisode, son évolution continue et l'être indécis se change cette fois en homme. L'hypothèse en avait été suggérée déjà par des formules marquant encore l'indétermination : « quelque chose ou quelqu'un » (p. 133), « cette chose, cet animal, cette personne » (p. 134). D'autres indices laissaient ouverte cette possibilité, notamment une certaine identification entre M. V. et l'animal. La toque de fourrure de M. V. n'était encore qu'un faible signe. Un autre, plus sérieux, était fourni par le comportement sadique du loup, qui tuait avec plaisir, pour s'agacer les dents, la perversité étant l'apanage du genre humain. Mais même sa façon de procéder à son activité de loup semble calquée sur celle de M. V. Après avoir fini ses ravages dans l'étable, le loup emporte, sans aucun bruit, un gros mouton et se sauve avec sa victime en passant par le haut à travers la lucarne, au mépris de la vraisemblance mais suivant la méthode de M. V. qui chargeait ses victimes pour les hisser sur la branche du hêtre.

Dès cette première reconstitution, le texte, rusé, désigne le loup par une série de termes ordinairement réservés aux hommes : « quelqu'un », un « vieux routier » (p. 116), et même « le lascar » (p. 131), mot qui à l'origine signifiait « soldat » et qui, surtout, a déjà servi à qualifier Langlois à son arrivée au village malgré son allure bonhomme : « Langlois était un sacré lascar » (p. 42). Les premières analyses du comportement du loup mettent d'ailleurs en évidence « une sacrée décision» et « une prodigieuse confiance en soi » (p. 112), des qualités humaines elles aussi.

Tout cela n'est encore qu'un prélude à la capture et à la mort du loup où le texte opte définitivement pour la personnification de l'animal en désignant systématiquement l'étrange bête par le terme de *Monsieur*, avec majuscule et en italique, ce qui pousse à le confondre avec ce Monsieur V. du début : « Ce n'est pas le moment d'affoler le *Monsieur* ! » (p. 137). En tout, huit occurrences en quelques pages qui toutes œuvrent à façonner une image d'animal doué de raison : « Peut-être que le *Monsieur* joue au plus fin [...]. Mais le *Monsieur* y joue avec un sacré estomac » (p. 141). Homo sapiens si accompli que les hommes finissent par lui prêter des pensées — « Des loups comme celui [...] qu'on cherchait pouvaient très bien se dire [...] » (p. 131) —, puis des calculs et des connaissances bien supérieurs aux leurs — « est-ce qu'il ne serait pas beaucoup plus instruit que nous ? » (p. 142) —, instruit comme un procureur peut-être. Acculé à la mort, le loup montre le chemin à Langlois en acceptant la mort parce que, comme M. V., l'autre *monsieur*, il a connu la jouissance interdite du théâtre du sang, celle qui signe l'appartenance à une caste établie ailleurs, indifférente aux contingences de ce monde.

Même les frênes s'y mettent. Le signal de l'automne carnassier en Trièves est donné par la métamorphose en prêtre-guerrier d'un arbre semblable à tous ses voisins. Lui-même se tient à deux cent trente-cinq pas d'un autre frêne marqué au minium : M 312, M comme *Monsieur*, minium comme sang. M 312 pris dans le mouvement qui change les arbres en soldats, prêtres et bouchers, se vêt d'aumusses, de soutanes, jupons d'évêque, étoles et se transforme ainsi en prêtre qui, même d'apparat, reste, comme dirait Langlois, un homme comme vous et moi, un loup comme un autre.

Ainsi, au cours du roman, Langlois aura tué, fraternellement, deux hommes dont un loup, ou deux loups dont un homme.

PORTRAIT EN PIED DE LANGLOIS

ÉTAT CIVIL

De lui on sait très peu : son nom Langlois, et seul un des *Récits de la demi-brigade*, plus tardif, nous apprend que son prénom est Martial, un prénom bien accordé à son genre de beauté militaire, austère et cassant. Nous saurons vers la fin d'*Un roi* son âge, avec précision : cinquante-six ans, ce qui implique âge mûr, expérience, voire sagesse. Non pas encore vieillesse puisque sa tempe, longuement observée par Saucisse chez la brodeuse, est « aile de corbeau », et « lisse et sans un pli » (p. 177). Ni rides, ni cheveux blancs, il ne fait pas son âge. Pour le reste, peu de détails sur son physique, à part une petite moustache, souvent décrite, sous laquelle serpente parfois un énigmatique sourire, « un œil noir » fixe, « un beau plastron, de la jambe » (p. 45) et une impression de solidité physique et morale. Ainsi, alors que tous l'ont connu — et peut-être pour cela même, si l'on veut des justifications narratives —, nous n'aurons pas d'autres détails que cette vision d'ensemble de beau ténébreux donnée surtout par Saucisse.

Rien non plus sur son ascendance ; aucun descendant qui pourrait renseigner sur lui, comme le jeune instituteur renseigne sur M. V., pas même un de ces collatéraux éloignés qui aident à reconstituer le portrait d'une Marie Chazottes morte sans enfant. Non, Langlois est « un vieux célibataire » et c'est lui qui le dit.

ÉTATS DE SERVICE

Un flic au grand cœur

L'image de Langlois dans le roman part d'un cliché[1]. Autoritaire, expérimenté, il arrive avec les techniques éprouvées qui rassurent le troupeau dont il a la charge. Dès le début il se signale par une intelligence déductive (épisode de Bergues et découverte de la plaque de sang) et une remarquable finesse intuitive (son assurance lors de la messe de minuit). C'est le *fin limier* qui, très vite, sans le

1. Giono, à l'époque d'*Un roi*, est un grand lecteur de romans policiers. Il le restera et, à partir de la fin 1946, Gallimard lui fera parvenir tous les livres de deux collections : la Pléiade et... la Série Noire.

moindre commencement de preuve, flaire la vérité. Tant pis si ce n'est pas lui qui piste le coupable, il en sait tout de suite autant que Frédéric.

Il se transforme alors en *justicier au grand cœur*. Non pas un de ces robots sanguinaires qui piègent et donnent sans état d'âme leur proie aux cours d'assises. Lui sait entrer, fraternellement, dans les raisons de ceux qu'il poursuit et leur accorder rémission de leurs crimes. Un peu comme dans les romans de Simenon où l'enquêteur possède l'art de transformer une affaire criminelle en affaire humaine et finalement personnelle. Langlois appartient à la même race. En tuant M. V., il s'interpose entre la justice des hommes et lui, d'une certaine façon il lui fait grâce, au mépris de l'orthodoxie judiciaire et de sa propre carrière.

L'intrigue s'achève sur un nouveau détournement, qu'exploite aussi l'œuvre d'Agatha Christie où l'on découvre parfois que l'enquêteur est le véritable coupable (relire *Le Meurtre de Roger Ackroyd*). Chez elle toutefois, on a affaire, en ce cas, à un être particulièrement machiavélique ; Giono impose ses propres variations. L'enquêteur, après vérifications et recoupements, se découvre coupable quoiqu'il n'ait tué personne, tout juste prêté la main à des frères loups pour leur suicide. En fait il a sondé ses reins et son cœur et compris qu'il est M. V., ni meilleur ni pire, le même, trait pour trait. Et il se condamne en légitime suicide.

Un militaire sans certitudes

Quelques allusions faites par Saucisse nous renseignent sur son passé et nous apprennent que, militaire, il a fait la guerre, ce que Giono commente dans *Noé* : « je veux parler de la vraie guerre : la conquête de l'Algérie[1]. » Il était à Oran avec Desmichels contre Abd el-Kader et à la Macta avec Trézel (p. 158). Il y a risqué sa vie et, nécessairement, il a tué. Sur ordre et avec le prétexte « honorable » d'apporter la civilisation et le progrès aux indigènes. Mais il en est revenu, on le comprend, riche d'un savoir imprévu. D'abord il a constaté qu'il n'y a guère de différence entre colonisateurs et colonisés. La seule vraie différence entre les hommes est, à ses yeux, celle qui sépare les vivants et les morts. Ensuite, il a appris ce qu'on apprend en tuant : le goût du sang, que l'on prend d'abord pour autre chose car l'ordonnancement militaire, avec tambours et trompettes, en masque les implications individuelles. Revient-on indemne d'une guerre ? Question qu'a dû se poser Giono au retour des tranchées : mobilisé quatre ans et demi, il est resté au front plus de deux ans. Question que se pose Langlois : à travers l'arrestation et l'exécution de M. V., il s'occupe ouvertement d'« autre chose qui est [s]on affaire personnelle » (p. 82). Les épisodes du roman dont il se mêle sont donc à lire comme des vérifications entreprises pour élucider un problème qui date d'avant le roman.

Ce passé, cette quête expliquent que Langlois soit un déraciné, un errant détaché des

1. Folio, p. 26-27.

séductions faciles de ce monde. Cet errant prend, sous nos yeux, racine dans ce village qui, avec son tueur et son loup, offre un bon terrain d'expérimentation, mais il y prend racine à sa façon, dans une chambre d'auberge, tanière de passage. Le *Café de la Route* possède l'avantage d'être tenu par une aubergiste accueillante et bourrue, intelligente et sans préjugés. Le couple homme errant-femme aubergiste est l'une des grandes constantes du personnel romanesque de Giono[1]. Celle-ci sait tout faire, raccommoder ses chaussettes, lui préparer des petits plats, soutenir le type de conversation qui l'intéresse sur la marche du monde. Saucisse est la narratrice principale de toute la fin. Elle rapportera des bribes de conversations qui informent un peu le lecteur. Surtout, elle a religieusement noté les préférences culinaires de Langlois. Son plat favori est le gratin de choux, si possible aux perdrix, et s'il ne dédaigne ni vespétro, ni champoreau, c'est tout de même au petit coup de rhum que va sa préférence. À travers tout cela Saucisse pouvait aimer Langlois. Mais nous, cela ne nous avance guère.

1. Citons parmi d'autres la Catherine des *Grands Chemins* ou la Violette de *Deux cavaliers de l'orage*.

L'HABIT FAIT LE MOINE

Nous ne pouvons rien ignorer non plus ni des costumes de Langlois — Saucisse les entretenait — ni de ses objets familiers. Sa longue, « très longue pipe en terre » (p. 42) le met au rang des amateurs de tabac, nombreux dans ce roman et dans l'œuvre, des épicuriens tranquilles. Surtout, à chaque instant nous sommes renseignés sur son accoutrement. Cette insistance finit par être troublante, d'autant qu'à deux reprises son habit semble pouvoir lui tenir lieu de corps et de personnalité, et sert de leurre en son absence. Quand les trois gros font la visite du château de Saint-Baudille, ils arrivent pour finir à la porte de sa chambre. Et là, bizarrement intimidés, ils se mettent comme au « garde-à-vous » devant un simple paquetage. Pourtant, « il n'y avait de lui que ce petit portemanteau de capitaine-commandant-cavalier posé tout simplement sur le chausse-bottes » (p. 203), un « petit bagage de loup » (p. 205) qui, en fait, s'est déjà évadé vers des lointains inaccessibles. Une autre fois il s'agit d'un véritable quiproquo puisque Saucisse, redoutant son suicide, colle l'œil à la serrure et, prenant son vêtement, qui pend si mollement au bord du lit, pour Langlois, le croit mort et entre.

Ainsi ses habits, avec son consentement et même sa complicité, semblent se substituer aisément à lui pour donner le change, au sens propre du mot qui, dans le lexique de la vénerie, désigne un jeune cerf donné aux chasseurs à sa place par le grand dix-cors, c'est-à-dire l'ombre pour la proie.

Le vêtement est en effet ce que l'on peut décrire avec certitude ; les villageois le disent : « Costumes incontestables ; on les voyait » (p. 90). Car, pour le reste, ils ne reconnaissent plus leur Langlois d'avant. Sur son attitude, ses intentions, ses sentiments, ils en sont réduits aux hypothèses invérifiables et finissent par cesser de s'interroger : « Il y avait [...] ceux qui disaient que c'était vrai et ceux qui disaient que ça n'était pas vrai » (p. 110).

L'habit ne fait le moine, ou le gendarme, qu'en apparence. En fait il dissimule l'homme plus qu'il ne le révèle. Face à quelqu'un qui soigne autant son apparence que Langlois, il faut redoubler de méfiance, celui-là ne veut rien livrer de lui-même. Stratégie d'auteur pour donner du mystère à son personnage, ou pessimisme de Giono sur l'impossible communication entre les hommes, les deux explications sont vraisemblables.

LES DEUX SONT LE MÊME

Tout, jusqu'à ses couvre-chefs, suggère que Langlois est fait — comme tous les autres — de deux individualités contradictoires. Le « gibus-tromblon » va avec son « œil noir fixe qui fait trou » dans tout ce qu'il regarde ; agressif et raide, il correspond au militaire cassant et boutonné, à l'aristocrate silencieux et distant dont le visage glacial recouvre peut-être « la mécanique à calculer sans calcul » (p. 118). Mais il y a aussi les casquettes de fourrure, bien chaudes, bien rondes, accordées aux pantoufles, au poêle du café ; celles-là vont bien avec le bon vivant fumeur de pipe qui bavarde volontiers avec les habitants du village. Une face, celle du « type chaud et de velours » (p. 190), qui plaît tellement à Saucisse et aux villageois. Une face inverse, celle de l'habitant solitaire des déserts glacés, hors de leur portée et qui ne sait plus y revenir. À la fois raide et tendre comme dans son habit de Grenoble, pourvu d'un « pied plus petit que celui d'une femme » (p. 89) et d'un bras ferme et viril.

On pourrait donc penser qu'il y a deux Langlois : un d'avant l'exécution de M. V., l'autre qui revient plus tard transformé en profondeur. En effet l'ancien Langlois est méconnaissable, « changé », si changé même que les villageois doivent « faire effort pour [le] reconnaître » (p. 86). Pourtant, il reste en même temps parfaitement reconnaissable et inchangé. « Son air fermé » ressemble « trait pour trait à celui qu'il avait eu souvent pendant l'histoire » (p. 101). Langlois proche, Langlois lointain, hautain et familier, « gentil de loin et méchant de près » (p. 111). « Notre » Langlois, comme le désigne quatre fois le texte après son retour, est en même temps un Langlois parfaitement étranger.

Ce côté étranger, et même étranger à notre monde, est tellement poussé, de même que sa dualité, qu'à deux reprises le personnage est assimilé à des objets inattendus. « Pour un fusil qui est nickel on dit encore qu'il est Langlois » (p. 51). Le nom propre prend un statut d'adjectif qualificatif pour signifier « bien entretenu », à condition qu'il s'agisse d'une arme. Cela confirme le gibus-tromblon et le regard homicide. Inversement le cheval de Langlois, dont on ignore le nom, est baptisé secrètement du nom de son cavalier, alors qu'on n'ose plus s'adresser à celui-ci. C'est un cheval très humain, doué de toutes les qualités que l'on aimait chez son maître avant sa métamorphose : il sait rire et cligner de l'œil, il est gentil, il aime rendre service.

En même temps, comme le hêtre, comme Langlois et tous les connaisseurs d'âmes, il est à la fois une créature aérienne et terrestre, mi-cheval, mi-oiseau (il hennit comme roucoulent les colombes, sa description revient quatre fois sur ce trait original).

Ces deux substituts renforcent ses deux images opposées. L'un, mécanique d'attaque, froid et précis, est une métonymie du gendarme apparemment, mais surtout de l'habitant des déserts glacés ; l'autre, animal gai, tendre et roucoulant, propose une métonymie du Langlois affectueux et consolateur.

LANGLOIS-BOBI

Langlois, comme le Bobi de *Que ma joie demeure* [1], fait partie de la famille gionienne des « bouches d'or » dont la parole guérit. Il est un médecin de l'âme qui fait au bon moment le geste qui sauve. Lorsqu'il mène Saucisse à Grenoble, il la loge au troisième étage de l'hôtel, où elle n'avait pas accès du temps où elle était lorette. Il l'invite dans un restaurant si cher que ses rêves même ne l'y avaient jamais menée. Il a le pouvoir, par ses mots, par ses gestes, de changer Cendrillon en fiancée du roi.

Bobi et Langlois sont aussi des errants, des solitaires, séduisants sans même s'en donner la peine. Bobi faisait rêver toutes les femmes du plateau Grémone. Langlois de son côté, captive : « C'était un bel homme, vous savez ! Peut-être pas un de ceux qui plaisent aux filles : un de ceux auxquels pensent les femmes » (p. 161), analyse Saucisse ; tous

1. Roman paru en 1935.

116

deux sont d'ailleurs des séducteurs pleins de
« scrupules » (p. 232). Doués l'un et l'autre
d'une sorte de pouvoir charismatique, ils atti-
rent le regard, l'attention, et semblent dépositaires d'un savoir, d'une « connaissance des
choses » (p. 152) ou d'une « vérité » (mot
récurrent dans tout le texte) susceptibles
d'éclairer les autres. L'arrivée de Bobi est
annoncée à Jourdan par une insolite clarté qui
lui permet de labourer la nuit. Les villageois
d'*Un roi* voient la lampe allumée à la fenêtre de
Langlois et partent rassurés. « Je ne suis pas
Dieu » (p. 45-46), dit pourtant Langlois dès
son arrivée, mais il fascine comme un être
d'essence supérieure, et Bobi avec ses para-
boles ressemble à quelque messager divin.
Sans doute, Langlois est un Bobi moins acrobate, plus noir, de l'œil aux cheveux, de l'habit
à l'âme, un « tigre noir » dit Saucisse (p. 227). Il
ne promet pas la joie mais de plus fortes nourritures, qui sont aussi des poisons. Mais tous les
deux apportent la souffrance à ceux qui les
aiment, et sèment finalement la mort — même
Bobi. Symboliquement, ils meurent l'un et
l'autre comme une lampe ou un soleil qui
explose, dans la grande lueur aveuglante d'un
éclair qui laisse place à plus de ténèbres
qu'avant. Bobi meurt foudroyé dans sa fuite
solitaire par un « arbre d'or ». Langlois, sa cartouche de dynamite dans la bouche, éclate
avec un bruit de tonnerre, version moderne
d'une mort à l'antique, celle par laquelle Zeus
enlevait parfois des hommes remarquables
pour les élever à une dignité supérieure ou en
faire, peut-être, la part solaire de l'humanité.
Chacun se souvient de la disparition d'Œdipe.

L'HOMME

Ce qui surprend finalement c'est la plasticité de ce Langlois, fusil, cheval, être humain pourvu de deux visages opposés mais toujours égal à lui-même, capable de se glisser « dans la peau » (p. 165) de tous les autres personnages quels que soient leur âge, leur sexe, leur métier, pour savoir à chaque instant ce qui leur donnera le plus de plaisir possible. Tour à tour procureur et M. Tim, il fait, au bon moment, le geste qui comble l'un ou dit le mot dont l'autre « avait envie depuis vingt ans ». Il est la vieille dame de Mens, Mme Tim, Mathilda, porteur de toutes leurs histoires, de leurs désirs les plus secrets (p. 204-205). Plus encore, si c'est possible, il est le loup, nous le savons, et M. V. Tout le texte joue sur leur similitude mais la scène de l'exécution raffine : « les détours [du chemin] nous masquaient parfois l'homme, parfois Langlois » (p. 85). Le film renchérit encore : lors de cette marche, la caméra effectue les prises de vue alternatives de M. V. et de Langlois, en se plaçant au-dessus d'eux de sorte que, leurs vêtements et leurs chapeaux étant les mêmes, il est tout à fait impossible de distinguer l'un de l'autre.

Langlois possède à tel point le don d'être n'importe qui, sans apparence précise, caché par ses costumes de scène, que le lecteur finit un peu par perdre de vue toute sa singularité. Il prend un caractère de généralité qui l'indéfinit jusqu'à en faire « l'homme », comme M. V. au début. Ou bien « un homme comme les autres », ni meilleur ni pire,

comme le criera Saucisse vers la fin (p. 152).
Et le commentaire du chœur des paysans
n'est qu'une variation sur cette phrase : « Eh
bien, il n'en manquait donc pas des hommes
comme les autres. À croire alors que nous
étions tous des hommes comme les autres au
bout du compte » *(ibid.).*

Ce n'est d'ailleurs pas si mal car si la plasticité de Langlois est telle qu'il comprend,
dans les deux sens du mot, tous les autres,
inversement, chacun se sentant compris inti-
mement par lui, se sent justifié dans son existence, « assuré dans ses bottes ». « Ça, c'était
un homme ! » disent-ils en chœur le jour de la
battue (p. 120) ; et ils essaient d'être dignes
de lui et de susciter en retour le même jugement chez Langlois : « ah ! les salauds ! Ça,
c'est des hommes ! » (p. 129). Peut-être alors
Giono dresse-t-il avec ce Langlois le portrait
accompli de l'homme moderne, comme
l'honnête homme incarnait la perfection au
XVIIᵉ siècle, ou le philosophe au XVIIIᵉ.
L'homme moderne, avec toute sa charge de
connaissances, d'histoire, de conscience de
sa finitude, l'homme moderne qui laisse
Dieu et la transcendance à leur place, loin de
lui, qui a fait le tour des puissances trompeuses multipliées par le progrès technique,
et qui, ainsi libéré du mirage de la transcendance et des pièges de la contingence, ou
orphelin, comme on voudra, se trouve désormais face à lui-même et à lui seul. Pascal,
sauvant Dieu, c'est-à-dire ne doutant pas
une seconde de son existence, sauvait
l'homme ou du moins lui préservait une
chance de salut. Les années 1800 à 1900

sont, de l'avis de Giono, une « époque de prise de conscience de la solitude humaine » où « les hommes ont fait l'apprentissage des temps modernes » ; « avec des talents de société et de bricoleurs » exceptionnels, ils en arrivent à « des résultats stupéfiants de super-concours Lépine ; mais la grande machine continue à ne pas vouloir marcher[1]. » Et l'homme reste là avec ses questions.

1. Folio, p. 27.

Qui suis-je ? demande sans répit Œdipe à l'oracle, et l'oracle persiste à répondre à côté de la question : tu tueras, tu épouseras. Langlois tue, Langlois épouse, ni son père ni sa mère évidemment, Giono se moque bien de la psychanalyse. Mais Œdipe trouve tout seul la réponse à l'énigme du sphinx et c'est la réponse qu'il attendait de l'oracle. Comme Œdipe, Langlois est lui-même la réponse à l'énigme, un homme dans toute sa misère et toute sa splendeur : « C'est l'homme », dit-il.

VIII   LE ROI S'AMUSE

Le ton de ce roman très noir, d'angoisse et de violence est pourtant celui de l'allégresse et de l'humour. Chaque épisode, chaque phrase recèle sa part de jeux verbaux, d'allusions incongrues, de connivence avec le lecteur. Oui, la condition de l'homme est misérable, Pascal a bien raison, et mon histoire, qui va loin, le prouve — nous dit Giono — mais puisque nous le savons, vous et moi, rions un peu.

JEUX DU CHAT ET DE LA SOURIS

TOUT ÇA POUR ÇA

Le chat qui mène le jeu et fait durer le plaisir, c'est l'auteur ; la souris qui le subit, plus ou moins consciemment, c'est le lecteur dont la situation coïncide le plus souvent avec celle des spectateurs villageois qui ont droit à une partie des informations mais pas à la vue d'ensemble. Les villageois restent donc les spectateurs fascinés de scènes inexpliquées aux conséquences bizarres.

Ainsi la scène si longuement préparée et inattendue de l'exécution de M. V., qui devrait marquer pour Langlois la fin de sa carrière, a le résultat inverse de le faire apprécier par « les gros bonnets » (p. 101). Ainsi la battue au loup avec toute sa mise en scène de cérémonie barbare se conclut abruptement sur une impression de déjà-vu : « Tout ça pour en arriver encore une fois à ces deux coups de pistolet tirés à la diable » (p. 144).

Ainsi la visite à la brodeuse, la fête à Saint-Baudille, l'enrôlement de Delphine comme épouse, chaque reconstitution d'une scène pourrait se conclure par les mots des villageois commentant la visite de Langlois à la cure pour regarder la chasuble dorée : « zéro et triple zéro » (p. 100).

Grand spectacle, riches uniformes, beau travail de mise en scène pour une pièce qui, invariablement, tourne court. Là où les lecteurs, comme Mme Tim, attendent « délices et orgues », rien ne vient.

Le texte lui-même est d'ailleurs trop lacunaire pour autoriser une lecture univoque. Les actes principaux se déroulent sans parole. Aucun indice, aucun témoin ne se présente pour « nous expliquer ce qui ne s'était jamais expliqué » (p. 147), le dénouement tragique.

Lorsque par hasard l'aventure est commentée, par un bref dialogue conclusif, comme après la messe de minuit, l'incompréhension, loin de se réduire, s'accroît. Le curé s'en va mécontent des paroles sibyllines de Langlois et Langlois reconnaît : « je ne sais pas encore très bien ce que je veux dire ; peut-être ne le saurai-je jamais, mais je voudrais bien le savoir » (p. 57-58). Nous aussi. En revanche, ce qui est clair c'est que l'auteur s'amuse.

Lorsque des bribes de conversation importantes sont saisies par les villageois, elles sont hors contexte et difficiles à interpréter, comme cette parole du procureur à Langlois : « Méfiez-vous de la vérité, elle est vraie pour tout le monde » (p. 103). Ce truisme est qualifié de sottise indigne d'un procureur si profond philosophe. Mais le témoin y reviendra avec ce commentaire rétrospectif tout aussi peu éclairant : « le machin sur la vérité, c'était pas si bête que ça » (p. 130). Pourquoi ? Comment ? Nous ne le saurons pas. Le moindre mot semble susceptible de donner des lueurs sur la vérité. Mais lesquelles ? Avant qu'on l'ait deviné, les lueurs s'effacent comme celles du feu d'artifice final.

D'autant que la plupart des commentaires

utilisent des formules très vagues, « tout ça », « ça », dont le sens varie d'une utilisation à l'autre. « Tout ça se passait en 1843 » (p. 35), *tout ça* c'est-à-dire ce fait divers ; « ... l'ensemble de tout ça c'est tellement une chose qui nous pend au nez à tous ! » (p. 103). *Tout ça*, *tous*, *une chose* s'allient cette fois pour désigner un ensemble de faits, de comportements, de sentiments extraordinairement complexes qui peuvent être déterminés par l'ennui et le désespoir.

Autre type de formulation tout aussi décevant, fréquent dans la bouche de Saucisse qui pourtant est l'une des mieux informées, l'expression toute faite et populaire (« c'est du lard au cochon », « honorabilité et camembert », etc.) ou la citation-proverbe (« patience et longueur de temps font plus que force ni que rage », etc.). Pas plus par la forme que par le sens, de telles nourritures ne peuvent apaiser la faim d'un lecteur conditionné depuis le début du roman à attendre de l'extraordinaire. Giono pousse même l'ironie jusqu'à rendre son personnage conscient du langage qu'il lui prête. Après un chapelet de proverbes, Saucisse conclut : « Je m'en dis comme ça une bonne série avant de tirer le premier coup de sonnette. Eh bien, tout compte fait, il n'y a que le premier pas qui compte » (p. 233).

DE TOUT ET DE RIEN

Les dialogues entre Langlois et Saucisse, les deux protagonistes les plus proches de la vérité, sont extraordinairement dérisoires puisque, tôt ou tard, ils butent sur le mot « rien » :

« Qu'est-ce que tu ferais d'un homme mort ? disait Langlois.

— Rien, disait-elle » (p. 53).

C'est le début de l'enquête.

« ... qu'est-ce qu'on fait d'un labyrinthe d'habitude ? me dit-il.

— [...] Moi je n'en fais rien en tout cas » (p. 207).

C'est alors presque la fin.

Ce type de discours envahit même les discussions où ils semblent aborder le fond du problème, autrement dit, dans leur vocabulaire, « la marche du monde », et dans des termes encore plus généraux, la difficulté d'accepter la condition humaine.

La conversation finit alors par porter sur tout et rien, ce qui ne signifie pas sur de petits sujets quotidiens, la pluie et le beau temps, mais bien sur le destin. Saucisse à Langlois : « Tu dis que rien ne se fait par l'opération du Saint-Esprit et moi je te dis que peut-être tout se fait par l'opération du Saint-Esprit précisément. [...]

— Peut-être, dit-il, et ça ne serait pas gai » ; et il ajoute : « Et si tout et rien c'est pareil, comme tu dis, c'est encore moins gai » (p. 159). Saucisse, qui avait parlé au hasard, se demande pourquoi son objection a provoqué une aussi sérieuse réponse.

Le lecteur, lui, n'est en rien éclairé par cette équation surprenante et par ces termes si vagues. Il finit, comme les villageois, par se replier sur une prudence paysanne : « À la longue, on prit l'habitude de se dire qu'en ce qui concernait Langlois rien ne signifiait rien » (p. 100), ce qui ne les empêche pas de rester aux aguets. Plus catégorique : « C'était déjà l'époque où l'on savait que chez Langlois rien ne signifiait rien » (p. 116-117). Le lecteur doit-il alors reprendre à son compte cet autre dialogue à propos du mariage projeté de Langlois :

Langlois : « ... tu en déduis quoi ? [...]

— Je n'en déduis rien.

— Parfait, dit Langlois, c'est exactement ce qu'il faut : n'en rien déduire » (p. 218).

Sans doute est-ce là le mode d'emploi suggéré du roman. Méfiance donc en attendant qu'une signification se révèle au bout de toutes ces actions étranges et de toutes ces paroles banales. Mais rien ne saurait décourager le lecteur pas plus que les paysans — qui sont devenus de très pascaliens philosophes. « On ne voit jamais les choses en plein », disent-ils (p. 103). Il s'y mêle tant d'illusions d'optique dues à tant de puissances trompeuses.

La battue au loup donne une excellente illustration de la façon dont eux et le lecteur peuvent se comporter devant les informations parcellaires et brouillées dont ils disposent. Cette chasse s'effectue en effet dans des conditions de « visibilité moyenne », c'est-à-dire très mauvaises : « le nuage palpite, se soulève de cinq à six mètres au-dessus de votre tête puis retombe à racler le sol » (p. 123). Là se situe le pari que fait le villageois et que doit faire non le libertin mais le lecteur : « Et je vous fais ce pari [dit le narrateur] que [...] je retrouve, du premier coup d'œil et à leur nouvelle place, les choses (gens ou bêtes) qui se sont déplacées dans le brouillard. Affaire d'habitude » (p. 124). Grâce à son intuition, le lecteur comble les ellipses, perçoit l'invisible, devine l'incompréhensible, projette un sens sur ce qui semble parfois en être privé.

DÉSINVOLTURE

L'auteur pousse plus loin encore ses techniques déceptives en ouvrant sans cesse des pistes qui mènent à des culs-de-sac. Questions qui restent sans réponses : « Mais, y a-t-il vraiment une raison ? » (p. 124). À ceci ? À quoi ? Phrases inachevées : « car Mme Tim... » (p. 146). Cela signifie-t-il qu'elle est morte depuis ?

Surtout, Giono excelle dans le double sens. Lorsque Saucisse, voulant fermer son café pour rester avec ses trois complices, dit : « J'ai du monde », le vieux client obstiné objecte à juste titre : « Et nous, est-ce qu'on n'est pas du monde ? » (p. 216). Mais il y a monde et monde. Les mots peuvent être lus de deux façons : « connaisseur du cœur humain » ou « amateur d'âmes » possèdent un sens courant et un sens aztèque, nous l'avons vu. Une même lettre de démission peut à volonté se justifier par l'incompétence ou par la maladresse. Et le prétexte que ni les villageois ni le lecteur n'admettent passera... comme une lettre à la poste auprès de ses supérieurs.

L'exemple le plus spectaculaire est donné par le dernier dialogue de Delphine et Saucisse avant le suicide de Langlois :« Quand je suis venue m'installer avec mon tricot, elle m'a dit : " Qu'est-ce que vous faites là ? " » (p. 238).

S'installer peut signifier s'asseoir confortablement pour un moment mais aussi bien emménager à demeure. En fait, le contexte prouve qu'elle est bel et bien venue vivre chez les nouveaux mariés, ce qui crée une situation pour le moins insolite. La question de Delphine pourrait, devrait donc se comprendre comme une protestation devant cette démarche indiscrète. Or Saucisse répond à côté, non sur l'installation mais sur le tricot : « Rien. Je fais des points » ; et d'insister : « ... rien. Ce n'est rien » (p. 239). Comme d'habitude. Elle tricote pour tricoter. Et Delphine se satisfait de la réponse. Mais nous ?

DIVERTISSEMENT DE POÈTE

Il est un jeu, d'autre nature, que Giono aime par-dessus tout, comme l'a montré son premier livre, *Naissance de l'Odyssée* : la connivence littéraire avec les textes des grands auteurs, concertée, suivie sur tout un livre, sur tout un épisode, ou ponctuelle, de l'ordre du jeu verbal plutôt. En ce cas Giono se divertit seul, et le suive qui peut. À celui-là, comme Langlois à Saucisse qui voit tout et n'est dupe de rien, Giono « fort gentiment fait un petit clin d'œil de [...] côté » (p. 206).

Les dix premières pages d'*Un roi* réunissent *Pascal*, *Nerval* et *Perceval*. Si c'est un hasard, il faut convenir qu'il a le sens de la rime. Néanmoins le simple jeu verbal n'épuise pas l'intérêt de la coïncidence. Les trois personnages, chacun à leur façon, déterminent une part du récit. Nous avons déjà largement commenté les références à Pascal et à Perceval, arrêtons-nous un instant sur Nerval[1].

1. Voir Dossier, p. 169. Voir aussi Jean Arrouye, « Les divertissements d'Auld Reekie... », *op. cit.*

Le V. nouveau, jeune homme rêveur, instituteur cultivé, lit *Sylvie* de Nerval assis dans son jardin de curé parmi les roses trémières. Le texte accumule les apparences de l'innocence. Le lecteur a donc toutes les raisons de se méfier. Qui est vraiment cet être maigre dont le peu de barbe « démesure » les yeux déjà superlativement larges et rêveurs ? Le lecteur de Giono, s'il a lu le roman plus tardif *Ennemonde*, sait qu'il faut se méfier du rêve des normalien(ne)s et de leur démesure presque autant que de ceux des bergers. Et de toute façon, le jardin de curé n'est rassurant qu'à première vue. Nous savons déjà à quoi nous en tenir sur le curé qui perpétuellement ravive les gouttes de sang sur le Christ de plâtre, cet homme comme vous et moi. Quant aux roses trémières, elles ramènent encore à Nerval, celui des *Chimères* et même du sonnet « Artémis » :

« La Treizième revient... C'est encore la première... »

La treizième heure, on le sait, est celle qui échappe au cadran : l'heure du trépas. Or la mort, dans ce sonnet, est personnifiée, c'est la morte et

« La rose qu'elle tient c'est la rose trémière. »

En même temps l'instituteur est à jamais figé dans la posture du lecteur de *Sylvie*. Bluette champêtre sans doute, ce « souvenir du Valois » peut se lire aussi comme la quête affolée d'une identité qui se dérobe et se dédouble sans cesse. Sans doute le ton en est beaucoup plus angoissé que celui d'*Un roi*, mais les jeux sur le même et l'autre y sont également fondamentaux.

Cette présence insistante de Nerval s'estompe cependant très vite et on oublie l'instituteur au profit de son ancêtre. Pourtant Giono garde le texte en mémoire et en joue de loin en loin. Laissons de côté les objets communs à *Sylvie* et à *Un roi* que sont l'horloge et les clefs, et tenons-nous-en aux citations déguisées ou franches. Portrait de Langlois, retour d'exil, en Desdichado. Il est « le Ténébreux, le Veuf, l'Inconsolé », qui ne sait plus ni parler ni sourire et observe un maintien de prince. Il est aussi le soleil noir, lui que personne n'ose regarder en face tant ses yeux noirs « font trou » (p. 91) dans tout ce qu'il fixe. « Son œil noir dont le regard est si difficile à soutenir » (p. 101), Saucisse a mis au point une technique pour éviter d'en être éblouie : « je [...] frottai mes yeux, ce qui me permettait d'habitude de le regarder en face (enfin, ce que moi j'appelais en face) à travers mes doigts » (p. 209). Par parenthèse, c'est sans doute parce que Langlois a lui-même contemplé de trop près le soleil, cette divinité cruelle, qu'il en a conservé ce regard :

« Quiconque a regardé le soleil fixement [...]
Un point noir est resté dans [s]on regard
avide »

a écrit le même Nerval (*Odelettes*, « Le point
noir »).

Ultime touche au portrait du Desdichado,
l'un des sujets de controverses entre Saucisse
et les villageois consiste à évaluer le rapport
de Langlois avec la mélancolie. « Le moins
qu'on puisse dire, c'est qu'il engendrait la
mélancolie », disent-ils ; et elle : « Il n'engendrait pas du tout la mélancolie » (p. 157).
Giono s'amuse tant qu'il se trahit presque.

Nouveau clin d'œil, lors de la fête à Saint-
Baudille. Pour chacun des figurants il
invente le geste qu'il faut et le commente
dans un monologue que lui prête Saucisse.
Avec le procureur, il se comporte comme le
ferait un ancien compagnon, ressuscitant de
« vieux gestes faits ensemble dans le temps ».
Il ajoute alors : « Et dont je me souviens »
(p. 204). D'une pierre deux coups, illustrant
le phénomène de la métempsycose cher à
Nerval, il utilise la formule qui clôt son
poème peut-être le plus connu, « Fantaisie ».
Dans cette odelette, « un air très vieux, languissant et funèbre » fait surgir un paysage,
un château puis une dame

« Que, dans une autre existence peut-être,
J'ai déjà vue... Et dont je me souviens ! »

Les guillemets n'y sont pas, ce serait trop
facile, mais, par la nostalgie et à travers la
dérision, il s'agit bien de citation.

On en vient alors à soupçonner les formules les plus anodines comme ces « trois petits mots, et ça n'était ni bonjour ni bonsoir » (p. 88) que prononce Langlois à son retour ; n'est-ce pas le titre d'une autre odelette de Nerval ?

Pascal a donné l'idée d'ensemble : ennui et divertissement et le personnage du roi ; Perceval, l'image capitale du sang des oies sur la neige ; Nerval, les variations sur l'identité.

Les trois personnages présentent de surcroît l'intérêt commun d'avoir outrepassé les limites de la conduite rationnelle. Perceval par sa catalepsie et sa folie meurtrière ; Pascal par son illumination, Nerval par sa folie et son suicide. Or le thème de la limite est, lui aussi, constant dans *Un roi* où s'affirme et se repousse la tentation de transgresser la frontière qui ouvre à des provinces interdites. La triple référence, posée comme par jeu au début du livre, forme bien trois des fils principaux qu'on peut suivre sur la trame d'ensemble et qui parfois se croisent.

Mais il en est bien d'autres qui travaillent le texte de Giono en surface ou en profondeur. Dante, Baudelaire, Rimbaud s'infiltrent plus ou moins discrètement ici ou là. Vigny avec « La mort du loup », La Fontaine avec la fable « Le loup et le chien » sont les plus visibles. Bien d'autres textes encore nous font signe selon le plaisir du moment. Les interrogations philosophiques en acquièrent des résonances plus graves parfois, l'écriture toujours une allégresse supplémentaire.

L'AUTEUR DANS TOUS SES ÉTATS

Giono, qui joue cartes sur table et ne cesse de montrer les processus de la création, parsème aussi son roman de métaphores de lui-même, de préférence comiques.

L'AUTEUR EN FRÉDÉRIC OU EN AULD REEKIE

Comme Frédéric, l'auteur est un bricoleur qui aime bricoler à partir de trucs et de machins, des choses qui ont servi il y a bien longtemps, sous Louis XIV : Pascal, ou avant : Perceval, ou après : Nerval.

Frédéric a trouvé une vieille petite horloge. Il en reprend le mécanisme, trouve la clef, ranime le mouvement et la sonnerie. Pour la réhabiliter tout à fait et la faire tout à fait sienne, il l'encastrera dans une boîte. Quel bel objet fini, quelle œuvre parfaite ce sera ! Manquent seulement les deux planches de noyer. C'est ce qui détruit tout son plan ; pris par autre chose, la poursuite, à partir de la scierie, il laisse là son beau projet, oublie les planches, et le bel objet ne sera jamais terminé. De même, Giono nous conte l'histoire de Frédéric et de M. V., puis ils disparaissent, et il les remplace par Langlois, et du jeu du gendarme et du voleur on passe au jeu de l'oie, ce qui rompt l'harmonie mais relance l'intérêt, sacrifiant l'unité d'action — du moins apparemment — aux rebondissements spectaculaires.

Auld Reekie, l'auteur fictif d'une lettre à on ne sait qui[1], cite et parle de « quelques airs

1. Périphrase écossaise pour désigner Édimbourg, la Vieille Enfumée. Désigne peut-être ici Langlois ou surtout Giono, fumeur de pipe, qui invente cette citation.

bien tristes, bien adaptés à [...] [s]a pénible situation de prisonnier » (« un air très vieux, languissant et funèbre » en quelque sorte) qu'il pourra jouer à condition qu'on lui envoie une « cornemuse et toutes les autres petites pièces qui en dépendent ». Il est, lui aussi, un bricoleur qui saura monter l'instrument de musique, mais s'il manque des pièces, ou s'il les assemble de façon peu orthodoxe, alors il ne pourra pas jouer exactement ce qu'il veut, ou ce qu'on attend ; on devra se contenter d'imaginer ce qu'il aurait pu jouer ou d'apprécier cette autre musique qu'il joue.

L'AUTEUR EN M. V.

Un physique rassurant, un abord très enjoué et sympathique, une vie régulière consacrée surtout à son œuvre qui le retient devant son bureau, un personnage de mari et de père de famille gentil, tel se présente Giono aux yeux d'un visiteur sans arrière-pensée[1]. Cela conduit à se méfier, ou plutôt à suivre la pente qu'il nous désigne lui-même, car cet homme d'apparence banale est un romancier. Peut-on vraiment croire en l'innocence des romanciers en général, de Giono en particulier ? D'abord — Giono l'a confié à Taos Amrouche —, écrire c'est jouer et se divertir : « Si j'invente des personnages et si j'écris, c'est tout simplement que je suis aux prises avec la plus grande malédiction de l'univers [...] : c'est l'ennui[2]. » Or l'ennui est père de tous les vices et de tous les crimes, et Giono développe, en revenant à l'idée du théâtre du

1. Il faut tout de même faire abstraction d'un regard bleu et d'un talent de conteur qui ont vite fait de séduire ce visiteur, pour accepter tout à fait cette image banale.

2. *Entretiens*, Paris, Gallimard, 1990, p. 58. Sur ce thème de l'ennui, voir Dossier, p. 152.

sang comme divertissement suprême. Si l'on pousse son raisonnement, l'écriture est une forme mimée, métaphorique de la mise à mort. Un peu d'encre sur une page vierge assimile l'auteur non pas tant au thaumaturge qui crée des mondes et des hommes, qu'au maniaque qui, soudain, les supprime, au gré de son plaisir. Assassins par procuration et sans risques, tous les romanciers le sont. Les auteurs de romans policiers plus que d'autres, qui organisent leurs romans autour de ces scènes macabres qui valent par leur invention. La légende familiale veut que l'épouse de Giono, après avoir lu le roman, se soit exclamée : « Sans le savoir, j'ai épousé un assassin. » Élise Giono ou la brodeuse.

De plus *Noé*, qui explique les dessous de la création, comporte certaines phases et phrases troublantes. On se souvient que le monde d'*Un roi* s'y superpose au bureau de Giono. Non seulement les crimes de M. V. s'y effectuent donc sous ses yeux, mais sa propre forme corporelle donne asile à l'assassin. Ainsi, « quand M. V. en a eu terminé avec Dorothée » il s'est approché de la table de Giono de telle façon qu'« à un moment même, écrit-il, nous avons coïncidé exactement tous les deux ». Et comme si cela ne suffisait pas, Giono insiste sur la substitution : « Pendant cet instant [...] j'étais M. V. ; et c'est moi que Frédéric II regardait[1] ». Doctor Jekyll est Mister Hyde, et il ne se gêne pas pour tuer, en dépit de lui-même.

1. *Noé*, p. 13-14.

L'AUTEUR EN LANGLOIS
ET EN LOUP

Langlois est avare de paroles, de manifestations extérieures de ses sentiments. Les villageois ne savent jamais ni ce qu'il pense ni ce qu'il sent, ni vers quoi il va et les mène. Mais ils le suivent d'instinct, fascinés et finalement récompensés au-delà de leur attente. Car Langlois est un grand stratège : « Tout me passera dans les mains » (p. 104), dit-il au procureur, ce qui sur le moment est peu compréhensible et égare même les villageois sur les chemins de la petite corruption locale. Cela signifie que toute la chasse au loup sera son affaire. Il est responsable de tout, il organise, il connaît le terrain et les acteurs en détail, « chaque chose à sa place » (p. 119). Chacun mû à distance par son unique et farouche volonté : « pas une erreur, pas un mot de trop »*(ibid.).* Commentaire du narrateur :« Et il faut reconnaître que ce fut fait de main de maître » (p. 118). Langlois est en effet de mèche avec celui qui devrait être l'incontrôlable, l'imprévisible, le loup qui est son semblable.

C'est le loup qui a tout manigancé, comme nous le comprendrons plus tard à Saint-Baudille, où Saucisse imagine le monologue de Langlois qui, sous prétexte d'accepter le divertissement proposé par ses amis, leur impose le sien. « Je peux très bien [...]. Et avez-vous vu ? C'est très bien fait » (p. 204). Ou encore : « ce n'est pas du tout vous qui faites souffler vos joueurs de cor de chasse, mais [...] c'est moi qui tire du fond de vos joueurs de cor de chasse le souffle qui traverse l'instrument et beugle *vos* ordres au-dessus des forêts » (p. 205). Gibier en apparence, le loup des forêts ou Langlois, l'homme à abattre, reste et restera jusqu'au bout le metteur en scène de son destin et de sa mort.

Taciturne, elliptique, l'auteur ordonne son récit comme bon lui semble. Ses personnages n'ont que l'autonomie que leur concède le grand ordonnateur ou le vrai loup. Son message est clairement énoncé : « Je ne peux courir aucun risque, même pas celui de vous dire où je vais et où je vous mène » (p. 205) ; et encore : « Je ne vais certes pas vous le dire ; ayant l'intention d'être ce que je suis : [...] détruire d'un seul coup votre façon millénaire d'envisager les choses serait la pire des imprudences » *(ibid.)*. Sous couvert d'un échange entre Langlois et ses deux fidèles amies, Giono s'adresse par-dessus leur tête au lecteur habitué à lire un certain type de romans. Il faut le laisser croire à l'histoire, au personnage, à tous les effets de réel et se garder de lui dire que l'auteur est le démiurge, que tout lui passe par les mains, même des mains de maître. Il veut croire à la fiction.

L'AUTEUR EN MME TIM

Mme Tim est passée maîtresse dans l'art d'organiser des espaces, des volumes, des couleurs de façon à donner à ses hôtes le plus de plaisir possible. À partir de presque rien, les quatre murs blancs d'une pièce et d'une fenêtre, avec de simples « rideaux de lin gris bleuté », elle ouvre d'immenses perspectives sur des « lointains encore plus immenses et encore plus paisibles » (p. 203) dont se contenterait n'importe quel naïf. Mais ces « faux espaces libres » (p. 205) donnent seulement l'illusion de l'espace et de la liberté et Langlois pas plus que Saucisse ou la grande ordonnatrice elle-même n'est dupe. De même l'écrivain, entre les pages d'un livre couvertes des signes conventionnels d'une écriture qui évoque des représentations, crée en toute duplicité l'illusion d'un monde déployé, de personnages vivants, d'une aventure réelle. Le lecteur avisé, roi ou loup, lui aussi sait bien que les vrais problèmes posés par la vraie vie demeurent, que l'art, n'importe lequel, si raffiné, si savant soit-il, n'est qu'un divertissement, que le plus beau livre n'est qu'un théâtre d'ombres.

L'AUTEUR EN TRICOTEUSE

Saucisse tricote : « j'aligne des points, les uns à côté des autres... », comme des lettres qui mises bout à bout font des mots sur une ligne, « ... puis des points les uns sur les autres », comme des lignes qui ajoutées les unes aux autres font une page, puis une histoire. La métaphore est bien claire, il s'agit de s'occuper les doigts et l'esprit. Et à la question de la naïve Delphine : « qu'est-ce que ce sera à la fin, des bas, un chandail ? » — comprendre une nouvelle, un conte moral, un roman policier —, à moins que ce ne soit « un cache-nez, ou une écharpe, ou une couverture » (p. 239) —, un traité philosophique, ou un poème, ou une tragédie —, la réponse est vague : « Selon que j'aurai plus ou moins longtemps besoin d'occuper mes doigts. Je ne fais pas de projets à l'avance. » Giono a improvisé ce livre, tout au long. Il est parti de l'idée du grand hêtre[1] et en a donné une description qui fait de lui une image du monde. Ensuite il a eu l'idée d'y mettre ce qu'on attend le moins, son contraire, un cadavre. D'où la nécessité d'un assassin, d'autres cadavres, puis d'un gendarme. Langlois, si central, n'est venu qu'après avec toutes les autres péripéties. Le narrateur indéterminé de la battue formulait cela : « Si je vous disais que j'ai pensé à tout ça ? Bien sûr que non : ça vient à mesure » (p. 131), comme les idées, pour l'écrivain, ou le repérage des coïncidences, pour le lecteur. Giono laisse aller sa plume, comme Saucisse son tricot. Au bout du compte il a fait un roman difficile à définir, énigmatique. Couverture ou cache-nez ?

1. Voir Dossier, p. 150-152.

Saucisse est aussi la tricoteuse-Parque. Elle vit de la vie de l'autre et de la mort de l'autre. Le romancier file, tisse et coupe la vie de ses personnages. Saucisse mesure au jour le jour l'écoulement du temps imparti à Delphine. Le romancier mesure le temps de Delphine et celui de Saucisse avec. Mais qui mesure le temps de Giono ? C'est bien pour cela (cette question sans réponse) que Giono écrit cela (*Un roi*).

On le voit, ces images de l'auteur sont contradictoires. Stratège tout-puissant, il manigance son plan avec une science parfaite du terrain et des techniques ; et pourtant il avance au hasard en s'abandonnant aux suggestions des sonorités, des références livresques, de tout ce qui passe à portée de sa plume et de son esprit. Il improvise autant qu'il planifie.

Cruel, vorace, obèse jamais rassasié du sang, des passions, du désespoir des autres, il est aussi plein de tendresse et de pardon, tantôt ennemi, tantôt frère, parfois les deux en même temps. Savant, connaisseur du cœur des hommes et manipulateur des personnages, il est aussi celui qui ne sait pas, ni où il va ni où ils vont. Guérisseur, il n'a remède à rien, bouche d'or il sait que les plus beaux de ses mots sont aussi de la fausse monnaie. Conscient que l'on ne fait jamais que se divertir, il ne propose ni un réconfort ni un mode d'emploi de la vie, il offre un divertissement de plus, à sa façon, subtile (pas de leçon) et poétique. Par le vide il suggère le plein, par le banal le rare, par la dérision l'angoisse et par l'humour le désespoir. Il lui arrive même de se présenter en bureaucrate un peu stupide, comme les maris des trois filles Tim qui, au lieu de se consacrer tout à fait à elles qui ont des corps si beaux et des âmes si romanesques, les délaissent pour travailler : « Ah ! l'encre, ça en fait faire des bêtises » (p. 194). Et les auteurs, est-ce que ça a le sens commun ?

DOSSIER

I. BIOGRAPHIE

1895	30 mars : Naissance de Jean Giono, fils de Jean - Antoine Giono, cordonnier, et de Pauline Pourcin, repasseuse.
1900-1902	Fréquente l'école des Sœurs présentines.
1902-1911	Collège de Manosque, jusqu'à la seconde.
1911	Entre au Comptoir national d'Escompte en qualité de chasseur puis d'employé.
1915	Janvier : Incorporé au 159ᵉ régiment d'infanterie alpine. Spécialisé dans les transmissions. Mai : Affecté au 140ᵉ régiment d'infanterie de Grenoble.
1916-1918	Il part au front. Verdun, les tranchées. La 6ᵉ compagnie du 140ᵉ régiment d'infanterie est décimée. Onze rescapés, dont Giono. Chemin des Dames, la Somme...
1919	« Démobilisé soldat de deuxième classe et sans croix de guerre. »
1920	20 avril : Mort de Jean-Antoine Giono. 22 juin : Mariage de Jean avec Élise Maurin.
1920-1923	Toujours au Comptoir national d'escompte de Manosque, exerce diverses fonctions : service des titres, de la caisse, puis sous-directeur. Écrit un roman *Angélique*, publie des poèmes dans *La Criée*. Rencontre Lucien Jacques.
1924	Lucien Jacques publie à ses frais des poèmes en prose, *Accompagnés de la flûte* : 300 exemplaires, 10 vendus dont un à Adrienne Monnier.
1926	25 octobre : Naissance d'Aline Giono.

1927   Termine *Naissance de l'Odyssée*, refusé par Grasset.

1928   *Commerce* publie *Colline* qui paraîtra en 1929 chez Grasset (« Cahiers Verts ») et lui vaudra le prix américain Brentano.

1929   Premier voyage à Paris où il rencontre Gide, Paulhan.

       Un de Baumugnes.

       Devant le succès, Giono démissionne du Crédit du Sud-Est où il était passé et dont l'agence à Manosque devait fermer, et il décide de vivre de sa plume. Désormais sa vie et son œuvre se confondent. Il achète la maison du Paraïs où il passera toute sa vie.

1930   Publication de *Regain*, *Manosque des Plateaux*, *Naissance de l'Odyssée*, *Présentation de Pan*.

1931   Voyage à Berlin.

       Le Grand Troupeau, *Le Bout de la route* (théâtre).

1932   *Solitude de la pitié* (nouvelles), *Jean le Bleu*, *Lanceurs de graines* (théâtre).

1933   Publication du *Serpent d'étoiles*.

1934   11 août : Naissance de Sylvie Giono.

       Publication du *Chant du monde*.

       Adhère à l'Association des écrivains et artistes révolutionnaires (proche des communistes).

1935   Premières rencontres du Contadour où se mêlent communistes, pacifistes, féministes, adeptes des premières Auberges de jeunesse, désireux de retrouver ensemble les vraies valeurs et de communier dans une vie naturelle.

       Que ma joie demeure.

1936   *Les Vraies Richesses*.

1937   *Refus d'obéissance*, *Batailles dans la montagne*.

Rupture avec ses amis de gauche dont Jean Guéhenno.

1938 *Le Poids du ciel*; *Lettre aux paysans sur la pauvreté et la paix* et *Précisions* (écrits pacifistes).

1939 Huitième et neuvième rencontres du Contadour. Mobilisé, rejoint son unité malgré son pacifisme.
Arrêté à cause de son activité pacifiste. Reste en prison trois mois au fort Saint-Nicolas à Marseille.

1941 *Pour saluer Melville*. Traduction de *Moby Dick*, *Triomphe de la vie*.

1942 Deux voyages à Paris (mars, décembre) où il se compromet par imprudence.
Publication de *Deux cavaliers de l'orage* dans *La Gerbe*.

1943 *L'Eau vive*; *Le Voyage en calèche* (théâtre).

1944 Emprisonné six mois à Saint-Vincent-les-Forts (Hautes-Alpes) pour propos collaborationnistes. Mais son dossier est vide et il ne sera pas jugé.
Libéré en février, il reste quatre mois à Marseille chez son ami Gaston Pelous.

1946 Mort de Pauline Giono.
Écrit mais n'est pas publié. Entre 1945 et 1952 : écrit huit romans.

1947 Publication d'*Un roi sans divertissement*.

1948 *Noé*, *Faust au village*, *Fragments d'un paradis*, *Fragments d'un déluge*.

1949 *Mort d'un personnage*.

1950 *Les Âmes fortes*.

1951 *Le Hussard sur le toit*, *Les Grands Chemins*.
Premier voyage en Italie.

1952 Voyage en Écosse avec Aline. *Introduction aux Œuvres complètes* de Machiavel dans la Pléiade.

1953	Publication du *Moulin de Pologne* et du *Voyage en Italie*. Grand Prix littéraire de Monaco. Élu à l'Académie Goncourt.
1954	Assiste au procès Dominici comme correspondant de l'hebdomadaire *Arts*. En publiera les *Notes* suivies d'un *Essai sur les caractères des personnages* en 1955.
1957	*Le Bonheur fou*, *Domitien* (théâtre). Voyage en Italie.
1958	*Angelo* (écrit en 1945). Sortie du film *L'Eau Vive* dont Giono a coécrit le scénario avec Alain Allioux. Voyage en Italie, Suisse, Autriche.
1959	Voyage en Espagne. Collabore régulièrement au *Dauphiné libéré* et à *Nice-Matin*.
1960	Loue une maison à Palma et désormais ira deux fois par an à Majorque. Sortie du film *Crésus*.
1961	Mort de Lucien Jacques. Voyage en Italie.
1964	Premier accident cardiaque.
1965	Publication de *Deux cavaliers de l'orage* (commencé en 1938).
1966	*Le Déserteur*.
1967	*Provence perdue*. Travaille à *Olympe* et *Dragoon*, deux romans qu'il ne finira pas.
1968	*Ennemonde et autres caractères*.
1969	*Le Désastre de Pavie* pour la collection « Trente journées qui ont fait la France » (Gallimard). Sortie du film *Un roi sans divertissement* d'après un scénario écrit par Giono. Le réalisateur est François Leterrier.

1970	*L'Iris de Suse.*
	8 octobre : Meurt pendant la nuit d'une crise cardiaque.
	Après sa mort seront publiés :
1972	*Récits de la demi-brigade.*
	Et plusieurs recueils d'articles et de préfaces :
1976	*Les Terrasses de l'île d'Elbe.*
1984	*Les Trois Arbres de Palzem.*
1986	*De Homère à Machiavel.*
1988	*La Chasse au Bonheur.*
1993	*Provence.*

II. THÈMES

En 1953 Giono a accordé une série d'entretiens radio-diffusés au cinéaste Jean Amrouche et à sa sœur, la chanteuse Taos Amrouche. Les plus importants ont été transcrits et publiés chez Gallimard en 1990, avec une préface d'Henri Godard. Giono y précise de nombreux aspects de sa vie et de son œuvre. Les extraits que nous retenons ici portent sur le sens du roman *Un roi sans divertissement* (entretien n° 21), sur le hêtre comme point de départ de la création romanesque (entretien n° 14), sur le thème de l'ennui et du divertissement (entretien n° 3).

A. LE SENS DE CE ROMAN

JEAN GIONO — Après la prison de 1939, j'ai écrit *Pour saluer Melville*; après la prison de 1944, j'ai écrit *Un roi sans divertissement*. Dans *Un roi sans divertissement*, nous trouvons précisément les pensées auxquelles je me suis livré pendant toute cette période d'expériences. C'est, en tout cas, un livre dans lequel j'essaie de voir l'homme avec des yeux différents.

J. A. — Quel est le thème de ce livre ?

J. G. — Eh bien, c'est tout simplement le drame du justicier qui porte en lui-même les turpitudes qu'il entend punir chez les autres. Il ne se livre à aucune turpitude, et au moment même où il sent qu'il est capable de s'y livrer, il se tue ! Il n'est pas dans une situation sans issue, il est dans une situation qui laisse encore l'issue de Monsieur X, l'issue de tuer. C'est celle-là qu'il refuse.

J. A. — J'ai l'impression que vous indiquez le thème sous une forme peut-être trop abstraite.

J. Giono, entretien n° 21, in *Entretiens* avec Jean et Taos Amrouche, Gallimard, 1990, p. 284-286.

148

J. G. — Au début de ce livre, nous avons vu des crimes accomplis par un paysan [*sic*], des crimes parfaitement gratuits. Il a pris du plaisir à tuer, il a pris du plaisir à cacher dans les feuillages du hêtre les cadavres de ses victimes, il prend à ce simple fait de tuer et de cacher ses victimes un énorme plaisir qui le contente. C'est Monsieur X qu'on cherche d'abord et que, finalement, Langlois suit à travers la forêt et finit par trouver chez lui. Nous le voyons après qu'il a fait justice de ce criminel en le tuant de ses propres mains. Puisqu'il avait fait des aveux complets, qu'il avait vu de quelle façon ce personnage se conduisait, il était en présence d'une sorte de bête féroce, comme plus tard il va être en présence du loup, il a vu qu'il était tout simple de le tuer et que l'affaire était terminée. Mais après, nous voyons Langlois le justicier revenir dans la maison de Monsieur X. Il s'aperçoit que Monsieur X avait une vie normale, qu'il avait une femme, que cette femme l'aimait, qu'il avait un petit garçon, que ce petit garçon vraisemblablement l'aimait, et que dans la grande pièce où il est en train de faire l'endormi, il y a un magnifique portrait de l'assassin, qu'on vénère encore la mémoire de cet homme qui, pour lui, était une bête féroce. Il se rend compte là, que ce personnage qui lui paraissait si extraordinaire, a été pour une certaine partie de la population, et notamment sa famille, un personnage ordinaire. À partir de ce moment-là, il se demande si lui-même, qui est aussi un personnage ordinaire, n'a pas les réactions de cet homme. Après avoir tué le loup, qui est une sorte de symbole du premier assassin, il essaie de se distraire, de se divertir, selon Pascal, et de trouver quelque chose qui l'empêche d'avoir son esprit constamment porté vers les pensées qui pourront l'amener peut-être un jour, lui aussi, à tuer et à cacher des cadavres, à tuer pour le simple plaisir de tuer. « Puisque Monsieur X était un personnage ordinaire, aimé de sa famille et absolument normal, moi, se dit-il, qui suis également un personnage normal, je peux être aussi demain pris par la folie ou par le tempérament de tuer et prendre mon plaisir au sang. » À ce moment-là, que fait Langlois ? Il essaie de se distraire par des divertissements habituels. Il essaie, par conséquent, de se marier. Le mariage ne lui apporte pas la distraction nécessaire. Peu après ce mariage, et après avoir amené sa femme dans ce pays, en allant chez une femme qui vient de tuer une oie, il voit le sang de l'oie sur la neige et il constate que le rapport du rouge et du blanc lui donne une joie si indicible que, à partir de ce moment-là, il n'y a plus d'autre issue que de participer à cette joie ou de se supprimer, et il se supprime. C'est au fond lui le justicier qui avait jugé qu'après avoir entendu et vu l'assassin il n'y avait qu'à le supprimer purement et simplement pour que le monde continue. Il s'aperçoit que le monde continue quand même avec l'assassin. Par conséquent, il porte en lui-même la turpitude qu'il a entendu punir chez l'autre. Autrement dit, il s'applique sa propre justice, la justice qu'il avait appliquée aux autres. Il est justicier. Ne perdons pas de vue que Langlois est, d'un autre côté, un capitaine de gendarmerie, c'est un homme qui a l'habitude d'appliquer la loi. Il l'applique, cette loi, à lui-même, qui est un assassin en puissance.

B. LE HÊTRE COMME POINT DE DÉPART DE LA CRÉATION ROMANESQUE

J. A. — Quand je vous ai demandé si vous commenciez à écrire vos livres pour ainsi dire tout de go, ou bien si, avant d'écrire un livre, vous aviez déjà une certaine idée de ce que serait son

Entretien n° 14, *ibid.*, p. 192-193.

tempo particulier, le ton, la clé dans lequel il serait écrit, si sa place, dans l'économie générale de votre œuvre n'était pas déjà marquée, vous m'avez dit à ce moment-là : « Non, je n'ai pas de plan. J'écris. »

J. G. — Vous savez très bien que nous ne pouvons pas donner, ici, des règles formelles, ni parler en absolu, et il y a des quantités de travaux, de livres qui sont différents de ce que je vous dis. Maintenant, je vais vous parler d'un fait précis, et démontrer pour vous, précisément pour vous montrer que quelquefois, la création part d'une chose extraordinairement fine, banale, presque rien du tout. Mais est-ce que véritablement nous arriverons au néant, au départ ? Je ne sais pas si ça sortira véritablement de rien. Je vais essayer de vous expliquer comment s'est créé *Un roi sans divertissement*. Le livre est parti parfaitement au hasard, sans aucun personnage. Le personnage était l'Arbre, le Hêtre. Pourquoi ? C'est parce que, au moment où j'ai écrit ce livre-là, j'étais à ma ferme, à la Margotte, je passais des vacances admirables avec Élise. Comment j'ai commencé ce livre ? Au départ, je suis allé me promener, dans un endroit qui est très extraordinaire, et où il y a un hêtre magnifique. En retournant, j'ai commencé à écrire sur ce hêtre. Et, si l'on examine bien les premières pages d'*Un roi sans divertissement*, on pourra constater qu'à ce moment-là ma pensée tourne en rond, ou peut-être en spirale, jusqu'à un centre qu'elle imagine, qui va, peut-être, lui donner le départ. Le départ, brusquement, c'est la découverte d'un crime, d'un cadavre qui se trouve dans les branches de cet arbre. À partir de ce moment-là, Langlois est venu. Mais, au début, c'était surtout l'assassin qui m'intéressait. Remarquez, il n'est plus le personnage principal, il s'efface presque tout de suite, il a été remplacé par le personnage de Langlois, qui, lui, portait exactement ce que je voulais dire. Il est arrivé, non pas en second, mais en trois ou quatrième, il y a eu d'abord l'Arbre, puis la victime, nous avons commencé par un être inanimé, suivi d'un cadavre, le cadavre a suscité l'assassin tout simplement, et après, l'assassin a suscité le justicier. C'était le roman du justicier que j'ai écrit. C'était celui-là que je voulais écrire, mais, en partant d'un arbre qui n'avait rien à faire dans l'histoire.

J. A. — Ce hêtre qu'il vous a semblé rencontrer tout d'un coup, qui vous a donné une espèce de révélation, il me semble que c'est un hêtre que vous connaissiez.

J. G. — Mais oui, je le connaissais depuis très longtemps. Il avait suscité déjà, pour ne rien vous cacher, dix ou douze autres histoires qui n'ont pas été écrites, et il a figuré comme décor très souvent dans des livres écrits. Il a dû figurer dans *Le Chant du monde* et encore une fois dans *Batailles dans la montagne*. Il était placé dans un autre paysage, mais c'était le souvenir de cet arbre-là qui avait suscité, non seulement le hêtre, mais la forêt de hêtres. Par conséquent, c'était un hêtre que je connaissais parfaitement. Pourquoi, ce jour-là, le hêtre a suscité la victime qu'il portait dans ses branches ? Pourquoi a-t-il suscité, par la suite, l'assassin et le justicier ? Ça, je suis incapable de vous l'expliquer, parce que ce sont des notes qui jouent, ce sont des pinces de cordes extraordinairement légères.

C. ENNUI ET DIVERTISSEMENT

Vous partez d'une idée fausse en croyant que j'invente pour créer les personnages de roman. C'est beaucoup plus important que ça. Si j'invente des personnages et si j'écris, c'est tout sim-

Entretien n° 3, *ibid*;, p. 58-59.

plement parce que je suis aux prises avec la grande malédiction de l'univers, à laquelle personne ne fait jamais attention : c'est l'ennui. Au fond, pour moi, si on voulait une description de l'homme, l'homme est un animal avec une capacité d'ennui. Les chiens ne s'ennuient pas, les animaux ne s'ennuient pas, les animaux domestiques ne s'ennuient pas, même pas les moutons, mais les hommes s'ennuient, ils ont la capacité d'ennui. De là, la création de tous les vices, de là, la création de tout ce que vous pouvez imaginer, de là, les crimes, parce qu'il n'y a pas de distraction plus grande que de tuer ; c'est admirable ; la vue du sang est admirable pour tout le monde. Lorsque vous êtes dans une ville et qu'il se produit un accident, un homme se fait écraser par un tramway, par un autobus, immédiatement tout le monde s'agglutine autour. Sur les cinquante personnes qui s'agglomèrent autour du blessé ou du mort, il y en a deux ou trois qui lui portent assistance, mais tous les autres se précipitent pour regarder, pour voir. Et jamais on n'éprouve autant de plaisir qu'à tuer. C'est ça la grande distraction. Il y a des quantités de gens qui désirent tuer ! La proportion est moins grande parce qu'il y a un petit barrage qui est la police, et que l'on craint d'être tué soi-même ! C'est tout. Enlevez la police et vous verrez si l'on s'étripaillera avec une joie sans égale ! Revenons à l'ennui : tout le monde s'ennuie. J'écris pour mon ennui à moi. Pourquoi voulez-vous que je pense aux autres d'abord ? Et l'égoïsme alors ? L'égoïsme, vous l'oubliez ? On ne pense pas aux autres, on pense aux autres après. Je pense d'abord à me distraire, et pour me distraire je joue ce jeu. C'est un jeu. J'ai essayé de jouer aux échecs tout seul : ça n'est pas drôle ! On ne peut pas jouer aux cartes tout seul. Je ne peux pas m'amuser à jouer au bilboquet ou à jouer au diabolo : ce n'est pas drôle non plus, n'est-ce pas ? Je joue aux cartes, mais je ne joue pas bien. Les cartes m'amusent parce que ce sont des papiers coloriés, qu'il y a des figures, puis que c'est amusant d'avoir un partenaire qui fait des calculs, de faire soi-même des calculs de son côté. Enfin, c'est rigolo, mais je perds toujours. Ça n'a pas d'importance. C'est sans aucune importance. D'ailleurs je ne joue jamais d'argent, je joue pour l'honneur si vous voulez.

D. LE THÉÂTRE DU SANG

Giono a souvent développé ce thème de la fascination du sang qui coule, parfois en une phrase, parfois en une longue tirade, aussi bien dans ses essais que dans ses romans.

Le premier extrait des *Entretiens* avec Jean et Taos Amrouche (cf. p. 148) en indiquait les grandes lignes, mais c'est *Deux cavaliers de l'orage* qui développe avec le plus de détails les composantes du théâtre de la cruauté. L'extrait ci-dessous appartient au chapitre « Les courses de Lachau », à peu près exclusivement centré sur le motif du sang. Ici, Marceau Jason, qui a tué un cheval emballé à Lachau, en rapporte un quartier chez lui, au village, où les femmes ont passé la journée à « faire la charcuterie » avec la viande et le sang du cochon.

« [...] Quelle histoire ! La plus grande histoire du monde. Il n'y en a même pas d'autre. Baisse ta lampe, ma mère ; éclaire un peu que je dénoue la corde. Il y a une grosse fortune à faire. Il ne s'agit pas de travailler. Il faudrait avoir un homme qui saigne et le montrer dans les foires. Le sang est le plus beau théâtre. Tu ferais payer, ils emprunteraient pour y venir. Le dégoût ? non, il n'y a pas de dégoût ; oui, au moment où ça commence à couler, mais, qu'est-ce que c'est ? C'est parce

J. Giono, *Deux cavaliers de l'orage*, Gallimard, 1965, « Les courses de Lachau », p. 139-141.

qu'on voit cette vie qui s'échappe dans la campagne et qui va faire la folle de tous les côtés. Ça, c'est une histoire ! Attends. Au début, oui, tu es blanc comme un linge, mais tout de suite tes yeux te mangent la figure tellement tu les ouvres pour tout voir. On voit des choses extraordinaires dans le sang. Tu n'as qu'à faire une source de sang, tu verras qu'ils viendront tous. Tu peux faire payer cher. Ils s'enlèveront le pain de la bouche pour venir. Tiens, toi, va seulement crier dehors : " Venez voir le sang. " En cinq minutes tout le village est ici dedans. Sur le moment ils sont timides, mais tout de suite après ils reviennent ; ça les intéresse ; ils regardent ; ils ne sont plus timides ; ils se rétablissent ; ils reprennent leur vie, ils la serrent, ils l'attachent ; ils lui mettent un collier ; ils la mettent à la chaîne. Ils la tiennent à la main, enchaînée comme un chien. Ils l'ont raisonnée. Il n'y a pas de raison pour qu'ils ne soient pas maintenant tranquilles à regarder celle-là, déchaînée, qui s'échappe dans la campagne. Je te dis que ça, c'est le théâtre. Quel phénomène ! C'est un artiste.

« Celui qui a fait ce nœud n'était pas manchot. Il l'a noué mouillé et le sang s'est séché dedans. C'est une belle corde. Je ne perds pas le nord, je ne vais pas la couper. J'y resterai cent sept ans s'il faut, mais je la dénouerai. Baisse la lampe. Ah ! voilà qu'il s'en donne, je crois.

« Et il y a encore mieux que ça à faire. Prends ton homme qui saigne, tu le mènes en haut d'une montagne. Tu le fais asseoir dans les pierres. Tu le laisses saigner ; tu laisses couler son sang jusqu'à ce que ça fasse des ruisseaux de tous les côtés. Tu les laisses couler jusqu'à ce qu'ils coulent à travers les forêts et qu'ils aillent dans le monde. Alors, tu seras le propriétaire du monde. Tu verras ce que je te dis. Ils peuvent voir cent mille ruisseaux d'eau bonne à boire, ils ne bougent pas. Arrive le ruisseau de sang. Ils n'en ont pas pour cinq minutes pour se mettre à le remonter à la piste. Ils ne font pas de baluchon, ils ne vont pas prévenir chez eux, juste le temps de mettre le collier à leur vie et de la tenir solidement à la laisse, et en avant, un traînant l'autre, tenant leur vie enchaînée à leur main comme un chien. Toi, là-haut, tu ne tarderas pas à les voir arriver. Et qu'est-ce qu'ils feront ? Ils resteront là autour de toi, sans bouger, avec leur chienne de vie à la laisse à côté d'eux. Ils regarderont le théâtre du sang. Sans bouger, comme endormis. Ils sont tous à toi. Laisse seulement que le sang coule assez d'abord, et après qu'il ne s'arrête pas de couler. Tu me dis : il n'y en a pas assez dans un seul homme. Tu n'as qu'à organiser ça. Tu es assez riche tout de suite. Prends des domestiques, fais-toi amener des hommes et des hommes. Les uns après les autres ; quand un a fini de couler, tu en ouvres un autre. Et ainsi de suite. [...] »

III. CRÉATION ROMANESQUE

Tout le début de *Noé* traite de la création romanesque à partir de l'exemple d'*Un roi sans divertissement* que Giono vient d'achever. Le premier extrait reproduit ici envisage le rapport entre l'espace réel (le bureau de Giono, ce qu'il voit par sa fenêtre) et l'espace romanesque (celui du village où vivent Saucisse, Langlois, Frédéric II, etc.). Il faut toutefois se garder de prendre au pied de la lettre ce qu'il y explique car, nous l'avons dit, *Un roi* a été en grande partie écrit non pas au Paraïs à Manosque, mais à la Margotte...

Les deux extraits suivants sont consacrés à la place de Giono lui-même entre réalité et fiction, à sa connivence avec Monsieur V., l'assassin. De plus, dans divers passages de *Noé*, Giono donne sur les personnages d'*Un roi* des renseignements qui ne figurent pas dans le roman, ou bien développe certains aspects de leur personnalité à peine esquissés. Le troisième extrait s'arrête sur Langlois.

A. ESPACE RÉEL, ESPACE ROMANESQUE

Il ne s'agit donc pas autour de moi de décors peints en trompe l'œil ni de paysages en réduction où un carré de mousse représente un pâturage : il s'agit d'*un monde* qui s'est superposé au monde dit réel, c'est-à-dire aux quatre murs de la pièce où je me tiens pendant que j'invente, et aux morceaux d'un territoire géographiquement réel (dit-on) qu'on voit par les fenêtres, appelés au sud : vallée de la Durance vue du Mont d'Or et, à l'ouest : marronniers et ciel avec collines, dans la direction de Beaumont et de Pierrevert.

J. Giono, *Noé*, Gallimard, 1961, p. 22-24.

Le village, Café de la route compris, la scierie de Frédéric II, l'Archat, le Jocond, le val de Chalamont, Saint-Baudille, les fonds vers Grenoble, ont englouti mes quatre murs et mes deux fenêtres, avec tout ce qu'elles contiennent, comme les eaux accumulées derrière un barrage engloutissent certains lieux où les hommes avaient construit des maisons réelles et même des églises avec clocher. Imaginez que vous puissiez continuer à vivre en bas, dans une de ces maisons réelles englouties (qui est, supposons-le, votre maison). Vous êtes assis à votre table du fond des eaux. Vous voyez toujours les quatre murs de votre chambre mais, entre les murs que vous regardez et vous, il y a de l'eau qui passe, s'installe, avec sa forme et sa couleur ; vous regardez par la fenêtre le paysage de votre village : les champs, les bosquets, les fermes autour, tout est englouti par de l'eau qui installe sur le visage familier des choses ses remous et ses mouvements. Sur le verger de pêchers, le Café de la route, y compris les clients, la patronne, la lampe à pétrole s'il fait nuit, et même la lueur de cette lampe à pétrole sur les tapis de cartes. Sur la *villa* à tuiles plates s'installent le coin de l'église et le tournant de la route de Saint-Maurice, y compris les gens qui vont et viennent, vont à Pré-Villars biner les patates, viennent au bureau de tabac en chercher deux sous, et vous entendez même sonner le timbre de la porte d'entrée. Sur les chevaux mongols, montagnes et *bongalove*, et route du col, y compris la patache ɑe Saint-Maurice. Sur le Saint-Georges, Chalamont avec ses loups. Sur le marronnier, Saint-Baudille, y compris Mme Tim, ses jardins, ses terrasses, ses somptueuses chambres à coucher, sa verrerie d'apparat, sa cristallerie de table, ses tambours barbares et ses cors. Car le marronnier *véritable*, avec ses feuilles dorées par l'automne sur lesquelles joue le soleil, est comme un monceau de joyaux, de beaux rideaux de soie où se meut la foulée du vent, des verreries, des cristalleries, et il les suggère, il les fait vivre (il m'en donne l'idée) ; pendant que le vent réel qui bourdonne dans les feuilles me suggère les tambours barbares accrochés aux murs sur le palier du premier étage du château et c'est pour ça que je les ait fait bourdonner quand l'énorme trio de Mme Tim, de Saucisse et du procureur royal arrive, bras dessus, bras dessous, au seuil du palier ; pendant que toujours le vent qui bourdonne, mais associé cette fois au désir de fuites, de galops et d'échos dont parle le grand ciel (dans la direction de Beaumont et de Pierrevert) me suggère le son des cors qui sait si bien faire vivre l'écarquillement des chemins dans toutes les directions (et c'est pour ça que j'ai mis des cors à Saint-Baudille, et c'est pour ça également qu'il y a tant de désirs de fuites dans les trois filles de Mme Tim. Je n'en ai pas parlé, mais je les ai construites pour ça. Il suffirait d'un rien : elles sont prêtes). Car, le *monde* inventé n'a pas effacé le monde réel : il s'est superposé.

B. ENTRE RÉALITÉ ET FICTION

Quand monsieur V. en a eu terminé avec Dorothée, quand il est descendu du hêtre (qui est dans le coin, en face de moi, entre la fenêtre sud et la fenêtre ouest ; c'est-à-dire sur cette portion de mur blanc qui sépare les deux fenêtres), en descendant du hêtre, j'ai dit qu'il avait mis le pied dans la neige, près d'un buisson de ronces. Ça, c'est l'histoire écrite. En réalité, il a mis le pied sur mon plancher, à un mètre cinquante de ma table, juste à côté de mon petit poêle à bois. J'ai dit qu'il était parti vers l'Archat. En réalité, il est venu vers

Ibid., p. 13-14.

moi, il a traversé ma table ; ou, plus exactement, sa forme vaporeuse (il marchait droit devant lui sans se soucier de rien, je l'ai dit), sa forme vaporeuse a été traversée par ma table. Il m'a traversé, ou, plus exactement, moi qui ne bougeais pas (ou à peine ce qu'il faut pour écrire) j'ai traversé la forme vaporeuse de monsieur V. À un moment même, nous avons coïncidé exactement tous les deux ; un instant très court parce qu'il continuait à marcher à son pas et que, moi, j'étais immobile. Néanmoins, pendant cet instant — pour court qu'il ait été — j'étais monsieur V. ; et c'est moi que Frédéric II regardait ; Frédéric II qui venait d'apparaître derrière le tuyau du poêle à bois (c'est là qu'est la scierie). Puis, monsieur V. m'a *dépassé* et, dans mon dos, il a continué sa route, montant dans l'Archat (qui est dans ma bibliothèque), vers Chichiliane (qui est au-delà, dehors, dans mon dos, de l'autre côté du mur, dans la propriété voisine, un très joli petit parc sauvage, entre parenthèses).

C. AUTONOMIE DU PERSONNAGE

Je n'ai pas parlé de toutes les promenades de Langlois. À partir d'un certain moment, il a eu hâte de fumer le dernier cigare, et moi-même j'avais hâte de lui mettre la cartouche de dynamite entre les lèvres. Les promenades dont je veux parler maintenant se placent avant cette hâte, tout de suite après la mort du loup (au fond de Chalamont, c'est-à-dire sous l'aisselle droite du Saint-Georges) à l'époque où les trois amis de Langlois étaient si inquiets, où le procureur royal faisait de si fréquents voyages pour venir boire le café de Saucisse. [...] Langlois partait à pied à travers champs. Car, il n'avait pas accepté son sort sans discussion. Il était cassant et solitaire, il

Ibid., p. 26-29.

parlait peu, et surtout il n'était pas de ceux qui considèrent qu'il faut *en faire un plat* et gaver tout le monde de son propre brouet. Mais, personne n'accepte de gaieté de cœur des conclusions qui vous suppriment. Il avait conclu, mais il cherchait quand même à vaincre le sort. Je suivais naturellement tous ses gestes avec grand intérêt. J'aurais payé de ma poche pour lui voir trouver un biais. Il était très malin, Langlois. Il avait la malice de ceux qui ont fait la guerre. Je veux parler de la vraie guerre ; la conquête de l'Algérie. Il s'était déjà débrouillé pour qu'on ne lui coupe pas la « cabèche ». Ça n'était pas un *Werther général* ni *un enfant du siècle*. Je me disais : « Il s'en sortira. » Je comprenais très bien ce qu'il faisait. Il allait à travers bois et à travers champs pour se trouver au milieu de tout ce qui *n'en fait pas un plat*. Les hommes comme Langlois n'ont pas la terreur d'être solitaires. Ils ont ce que j'appelle *un grand naturel*. Il n'est pas question pour eux de savoir s'ils aiment ou s'ils ne peuvent pas supporter la solitude, la solitude est dans leur sang, comme dans le sang de tout le monde, mais eux n'en font pas un plat à déguster avec le voisin. Ils n'en faisaient pas tout au moins.

[...]

Dans les champs et dans les bois, Langlois allait prendre contact avec les choses non geignardes. L'absence d'hypocrisie des forêts centenaires le réconfortait. Il ne lui serait jamais venu à l'esprit de considérer que sa lutte pour l'existence était du ressort de Louis-Philippe, ni de croire qu'il ne s'agissait dans cette lutte que de son pain quotidien. On l'aurait bien fait rigoler si on lui avait dit de confier la résolution de ses problèmes personnels à la Chambre des pairs ou à l'enterrement du général Lamarque. Je l'ai toujours soupçonné de savoir fort bien que les hautes prairies dans lesquelles il se promenait à grands pas portaient en filigrane ma carte de Mexico and the West Indies du *National Geographic Magazine*.

C'est pourquoi je fus très étonné quand je le vis se diriger du côté de mes chevaux mongols. Il s'y connaissait en chevaux ; autant que Swift. S'il savait que des chevaux étaient inscrits sous la forêt de sapins (et avec cette science du dessinateur chinois qui cerne d'un seul trait de plume le présent, le passé et l'avenir d'une forme) pourquoi se promenait-il de long en large pendant des heures sur cet humus élastique ?

Après la chasse au loup, quand Langlois eut tiré ses deux coups de pistolet sous l'aisselle de mon Saint-Georges, je me dis : « Ceci évidemment est une sorte de profession de foi. Mais il peut encore être sauvé. Ne parlons pas des filles de Mme Tim qui sont des paquets de soleils d'artifice et des machines de l'Arioste. Parlons par exemple, je ne sais pas de qui, mais, disons d'abord qu'au lieu de continuer à habiter chez Saucisse il va se chercher une belle maison dans le village. Il y en a précisément une à côté du bureau de tabac qui ferait très bien son affaire, pas trop grande, très bonne pour un et, à la rigueur, excellente pour deux. Eh bien, avec ses cinquante-six ans, il s'installe là. Il se fait un chez soi. S'il ne sauve pas tout, il sauve en tout cas ses moustaches. »

Mais Langlois ne tenait pas du tout à ne sauver que ses moustaches. Je le compris quand je le vis marcher comme en pays conquis sur mes chevaux mongols. Je crus tout d'abord qu'il ne savait pas ce qu'il faisait. Et j'étais sur le point de lui dire de se méfier ; qu'il y avait là des *radiations telluriques*, des exhalaisons minérales comme celles qui expliquent, paraît-il, les territoires à cancer et les quartiers à lèpre. Mais je le vis qui, sans faire semblant, tâtait sous ses pieds le contour des chevaux cachés sous la terre. Comme s'il en éprouvait la solidité d'échine et la valeur de galop. Et c'est en tâtonnant de cette façon qu'il arriva juste au-dessus du cheval noir et qu'après avoir tâté il se dit (je l'entendis fort bien) : « C'est là-dessus qu'il faudra construire le bongalove. »

IV. INTERTEXTE

Un roi, comme tous les romans de Giono, joue avec de nombreux textes d'auteurs eux-mêmes très divers. Nous proposons ici de relire quelques-unes des œuvres les plus sollicitées, dès le début du roman : *Perceval*, de Chrétien de Troyes, pour le thème du sang sur la neige, quelques *Pensées* de Pascal sur ennui et divertissement, et plusieurs textes de Nerval qui, ouvertement ou de façon très discrète, informent de nombreux passages du roman.

A. CHRÉTIEN DE TROYES

Le soir venu, on dressa le camp dans une prairie en lisière d'un bois, mais au matin du lendemain la neige avait recouvert le sol glacé.

Avant d'arriver près des tentes, Perceval vit un vol d'oies sauvages que la neige avait éblouies. Il les a vues et bien ouïes, car elles s'éloignaient fuyant pour un faucon volant, bruissant derrière elles à toute volée. Le faucon en a trouvé une, abandonnée de cette troupe. Il l'a frappée, il l'a heurtée si fort qu'elle s'en est abattue. Perceval arrive trop tard sans pouvoir s'en saisir encore. Sans tarder, il pique des deux vers l'endroit où il vit le vol. Cette oie était blessée au col d'où coulaient trois gouttes de sang répandues parmi tout le blanc. Mais l'oiseau n'a peine ou douleur qui la tienne gisante à terre. Avant qu'il soit arrivé là, l'oiseau s'est déjà envolé ! Et Perceval voit à ses pieds la neige où elle s'est posée et le sang encore apparent. Et il s'appuie dessus sa lance afin de contempler l'aspect, du sang et de la neige ensemble. Cette fraîche couleur lui semble

Perceval ou le Roman du Graal, Gallimard, Folio, réimpression 1993, p. 110-116. Préface d'A. Hoog, traduction et notes de J.-P. Foucher et A. Ortais.

celle qui est sur le visage de son amie. Il oublie tout tant il y pense car c'est bien ainsi qu'il voyait sur le visage de sa mie, le vermeil posé sur le blanc comme les trois gouttes de sang qui sur la neige paraissaient.

[...]

Le bon et généreux Gauvain prend ses armes, monte sur un cheval aussi alerte que robuste et s'en va vers le chevalier toujours appuyé sur sa lance, ne paraissant point se lasser d'un rêve auquel il se complaît. Mais à cette heure-là déjà le soleil brillant a fait fondre deux des trois gouttes de beau sang qui avaient fait rouge la neige. Et la troisième pâlissait.

Perceval sort de son penser. C'est lors que messire Gauvain met à l'amble son cheval et s'approche très doucement de Perceval comme un homme bien loin de chercher querelle. Il dit :

« Sire, je vous aurais salué si je connaissais votre nom comme je connais le mien. Mais tout au moins je puis vous dire que je suis messager du roi ; que de sa part je vous demande et vous prie que vous veniez à sa cour pour lui parler.

— Deux hommes sont déjà venus. Et tous deux me prenaient ma joie et ils voulaient m'emmener, me traitant comme prisonnier. Ils ne faisaient pas pour mon bien. Car devant moi, en cet endroit je voyais trois gouttes de sang illuminer la neige blanche. Je les contemplais. Je croyais que c'était la fraîche couleur du visage de mon amie. Voilà pourquoi je ne pouvais m'en éloigner.

— Certes, sire, vous ne pensiez comme un vilain mais comme un doux et noble cœur. C'était bien rude folie que vouloir vous en déprendre. Mais plus encore que je peux dire, j'aimerais savoir ce que vous comptez faire. S'il ne vous déplaisait, volontiers, je vous mènerais au roi Arthur. »

B. PASCAL

[141]

Les hommes s'occupent à suivre une balle et un lièvre ; c'est le plaisir même des rois.

Pensées et opuscules, éd. Brunschvicg, Classiques Hachette, 43ᵉ édition, 1990, p. 397-398.

[142]

Divertissement. — La dignité royale n'est-elle pas assez grande d'elle-même pour celui qui la possède, pour le rendre heureux par la seule vue de ce qu'il est ? Faudra-t-il le divertir de cette pensée, comme les gens du commun ? Je vois bien que c'est rendre un homme heureux, de le divertir de la vue de ses misères domestiques pour remplir toutes ses pensées du soin de bien danser. Mais en sera-t-il de même d'un roi, et sera-t-il plus heureux en s'attachant à ces vains amusements qu'à la vue de sa grandeur ? Et quel objet plus satisfaisant pourrait-on donner à son esprit ? Ne serait-ce donc pas faire tort à sa joie, d'occuper son âme à penser à ajuster ses pas à la cadence d'un air, ou à placer adroitement une [*balle*], au lieu de le laisser jouir en repos de la contemplation de la gloire majestueuse qui l'environne ? Qu'on en fasse l'épreuve : qu'on laisse un roi tout seul, sans aucune satisfaction des sens, sans aucun soin dans l'esprit, sans compagnie, penser à lui tout à loisir ; et l'on verra qu'un roi sans divertissement est un homme plein de misères. Aussi on évite cela soigneusement, et il ne manque jamais d'y avoir auprès des personnes des rois un grand nombre de gens qui veillent à faire succéder le divertissement à leurs affaires, et qui observent tout le temps de leur loisir pour leur fournir des plaisirs et des jeux, en sorte qu'il n'y ait point de vide ; c'est-à-dire qu'ils sont environnés de personnes qui ont un soin merveilleux de prendre garde que le roi ne soit seul et en état de penser à soi, sachant bien qu'il sera misérable, tout roi qu'il est, s'il y pense.

Je ne parle point en tout cela des rois chrétiens comme chrétiens, mais seulement comme rois.

C. NERVAL

1. *LES CHIMÈRES*

EL DESDICHADO

Je suis le Ténébreux, — le Veuf, — l'Inconsolé,
Le Prince d'Aquitaine à la Tour abolie :
Ma seule *Étoile* est morte, — et mon luth constellé
Porte le *Soleil noir* de la *Mélancolie*.

Poésie/Gallimard, éd. 1980, p. 137.

Dans la nuit du Tombeau, Toi qui m'as consolé,
Rends-moi le Pausilippe et la mer d'Italie,
La *fleur* qui plaisait tant à mon cœur désolé,
Et la treille où le Pampre à la Rose s'allie.

Suis-je Amour ou Phœbus ?... Lusignan ou Biron ?
Mon front est rouge encor du baiser de la Reine ;
J'ai rêvé dans la Grotte où nage la Syrène...

Et j'ai deux fois vainqueur traversé l'Achéron :
Modulant tour à tour sur la lyre d'Orphée
Les soupirs de la Sainte et les cris de la Fée.

ARTÉMIS

La Treizième revient... C'est encor la première ;
Et c'est toujours la Seule, — ou c'est le seul moment ;
Car es-tu Reine, ô Toi ! la première ou dernière ?
Es-tu Roi, toi le Seul ou le dernier amant ?...

Id., p. 139-140.

Aimez qui vous aima du berceau dans la bière ;
Celle que j'aimai seul m'aime encor tendrement :
C'est la Mort — ou la Morte... Ô délice ! ô tourment !
La rose qu'elle tient, c'est la *Rose trémière*.

Sainte napolitaine aux mains pleines de feux,
Rose au cœur violet, fleur de sainte Gudule :
As-tu trouvé ta Croix dans le désert des Cieux ?

Roses blanches, tombez ! vous insultez nos Dieux,
Tombez, fantômes blancs, de votre ciel qui brûle :
— La Sainte de l'Abîme est plus sainte à mes yeux !

2. ODELETTES

LE POINT NOIR

Quiconque a regardé le soleil fixement   Id., p. 101.
Croit voir devant ses yeux voler obstinément
Autour de lui, dans l'air, une tache livide.

Ainsi, tout jeune encore et plus audacieux,
Sur la gloire un instant j'osai fixer les yeux :
Un point noir est resté dans mon regard avide.

Depuis, mêlée à tout comme un signe de deuil,
Partout, sur quelque endroit que s'arrête mon œil,
Je la vois se poser aussi, la tache noire ! —

Quoi, toujours ? Entre moi sans cesse et le bonheur !
Oh ! c'est que l'aigle seul — malheur à nous, malheur !
Contemple impunément le Soleil et la Gloire.

FANTAISIE

Il est un air pour qui je donnerais   Id., p. 95-96.
Tout Rossini, tout Mozart et tout Weber,
Un air très vieux, languissant et funèbre,
Qui pour moi seul a des charmes secrets !

Or, chaque fois que je viens à l'entendre,
De deux cents ans mon âme rajeunit...
C'est sous Louis treize ; et je crois voir s'étendre
Un coteau vert, que le couchant jaunit,

Puis un château de brique à coins de pierre,
Aux vitraux teints de rougeâtres couleurs,

Ceint de grands parcs, avec une rivière
Baignant ses pieds, qui coule entre des fleurs ;

Puis une dame, à sa haute fenêtre,
Blonde aux yeux noirs, en ses habits anciens,
Que, dans une autre existence peut-être,
J'ai déjà vue... et dont je me souviens !

3. *SYLVIE*

III

RÉSOLUTION

Tout m'était expliqué par ce souvenir à demi rêvé. Cet amour vague et sans espoir, conçu pour une femme de théâtre, qui tous les soirs me prenait à l'heure du spectacle, pour ne me quitter qu'à l'heure du sommeil, avait son germe dans le souvenir d'Adrienne, fleur de la nuit éclose à la pâle clarté de la lune, fantôme rose et blond glissant sur l'herbe verte à demi baignée de blanches vapeurs. — La ressemblance d'une figure oubliée depuis des années se dessinait désormais avec une netteté singulière ; c'était un crayon estompé par le temps qui se faisait peinture, comme ces vieux croquis de maîtres admirés dans un musée, dont on retrouve ailleurs l'original éblouissant.

Aimer une religieuse sous la forme d'une actrice !... et si c'était la même ! — Il y a de quoi devenir fou ! c'est un entraînement fatal où l'inconnu vous attire comme le feu follet fuyant sur les joncs d'une eau morte... Reprenons pied sur le réel.

Et Sylvie que j'aimais tant, pourquoi l'ai-je oubliée depuis trois ans ?... C'était une bien jolie fille, et la plus belle de Loisy !

Elle existe, elle, bonne et pure de cœur sans doute. Je revois sa fenêtre où le pampre s'enlace au rosier, la cage de fauvettes suspendue à

Bibliothèque de la Pléiade, Gallimard, 1952, p. 266-268.

gauche ; j'entends le bruit de ses fuseaux sono-
res et sa chanson favorite :

> *La belle était assise*
> *Près du ruisseau coulant...*

Elle m'attend encore... Qui l'aurait épousée ?
elle est si pauvre !

Dans son village et dans ceux qui l'entourent,
de bons paysans en blouse, aux mains rudes, à
la face amaigrie, au teint hâlé ! Elle m'aimait seul,
moi le petit Parisien, quand j'allais voir près de
Loisy mon pauvre oncle, mort aujourd'hui. Depuis
trois ans, je dissipe en seigneur le bien modeste
qu'il m'a laissé et qui pouvait suffire à ma vie.
Avec Sylvie, je l'aurais conservé. Le hasard m'en
rend une partie. Il est temps encore.

À cette heure, que fait-elle ? Elle dort... Non,
elle ne dort pas ; c'est aujourd'hui la fête de l'arc,
la seule de l'année où l'on danse toute la nuit. —
Elle est à la fête...

Quelle heure est-il ?

Je n'avais pas de montre.

Au milieu de toutes les splendeurs de bric-à-
brac qu'il était d'usage de réunir à cette époque
pour restaurer dans sa couleur locale un apparte-
ment d'autrefois, brillait d'un éclat rafraîchi une de
ces pendules d'écaille de la Renaissance, dont le
dôme doré surmonté de la figure du Temps est
supporté par des cariatides du style Médicis,
reposant à leur tour sur des chevaux à demi
cabrés. La Diane historique, accoudée sur son
cerf, est en bas-relief sous le cadran, où s'étalent
sur un fond niellé les chiffres émaillés des heures.
Le mouvement, excellent sans doute, n'avait pas
été remonté depuis deux siècles. — Ce n'était
pas pour savoir l'heure que j'avais acheté cette
pendule en Touraine.

V. LA CRITIQUE ET *UN ROI*

Si très peu d'articles intéressants ont été consacrés au roman lors de sa parution, la critique contemporaine s'y est au contraire attachée. Ont été retenues ici les présentations générales de Robert et Luce Ricatte pour l'édition de la Pléiade, et, parmi les études plus ponctuelles, un texte de Pierre Citron consacré à un personnage, Saucisse, un autre de Marcel Neveux portant sur l'espace de la voûte. Le passage emprunté à Jean Arrouye étudie le jeu avec la référence biblique ; celui d'André Targe souligne un fonctionnement textuel autour de la lettre.

A. LA MATIÈRE MORALE DES *CHRONIQUES*

Dans les *Chroniques*, l'auberge se met à jouer un rôle important de microcosme, signe d'une clôture de l'espace autour des personnages, dont le village du *Roi* enseveli sous la neige est la réalisation la plus parfaite, mais qu'on retrouve sous des formes diverses dans les gîtes des *Grands Chemins* ou dans la petite ville envieuse et enfermée du *Moulin de Pologne*. Giono n'entend d'ailleurs pas peindre une fresque sociale, mais mettre ses aventures au centre de regards curieux, forme circulaire de l'espace social autour du drame d'êtres qui s'abîment ou se débattent : « Mes anciens personnages, dit Giono, étaient des solitaires. Le drame du salut m'est apparu pour mes personnages quand j'ai voulu les placer dans un vrai groupe social à une époque donnée. »

« Le drame du salut » : le terme religieux est nouveau. Il est banal de constater que les *Chroniques* mettent davantage en œuvre le destin ;

Robert Ricatte, « Le genre de la chronique », Bibliothèque de la Pléiade, t. III, p. 1292-1293.

encore faut-il en retenir la définition tout intérieure que Giono en donne : le destin, c'est « l'intelligence des choses qui se courbent devant les désirs secrets de celui qui semble subir, mais en réalité provoque, appelle et séduit ». Le mal passe : la famille des Coste s'écroule comme château de cartes, génération après génération ; la bonté des Numance obtient la ruine qu'elle appelait ; Thérèse accumule les forfaits ; l'Artiste des *Grands Chemins* vient à bout de se perdre : « J'ai découvert des êtres lucifériens. » Mais Giono qui le dit ne croit pas au diable. Celui des *Chroniques* a la nature ambiguë qu'il possède chez Dostoïevski. La qualité qu'il donne aux âmes se marque par la proximité du crime comme remède naturel à l'insuffisante consistance du monde, par l'amoralisme tranquille qui fait par exemple vieillir parmi les soins passionnés de sa progéniture la meurtrière Ennemonde, et surtout par la radicale incertitude qui empêche de juger le sanguinaire M. V. auquel son justicier finit par ressembler comme un frère, ou une Thérèse dont on ne saura jamais si elle est bourreau ou victime. Le fait divers a toujours ici la forme d'une énigme.

Voilà la matière morale des *Chroniques*. On comprend que le personnage y prenne plus de place dans le système narratif que le cadre naturel. Giono, revenant sur ce rapport respectif du monde et de l'homme dans la série de récits qu'il avait entrepris constatait cette évidence : il s'agissait d'œuvres où « le personnage avait une autre importance que ce qu'il avait jusqu'à maintenant ; dans les romans précédents, la nature était en premier plan, le personnage en second plan ; dans les romans qui allaient arriver maintenant, le personnage était au premier plan et la nature au second plan. J'ai donné le titre de *Chroniques* à toute la série de ces romans qui mettait l'homme avant la nature »

B. L'HORIZON INTELLECTUEL DE GIONO EN 1946

[Dans les années 1945-1946, Giono] trouve une évasion dans la lecture d'œuvres nouvelles. Dans les mois qui précèdent immédiatement la rédaction d'*Un roi sans divertissement*, Giono, selon son habitude, entremêle dans ses carnets des notations qui se rapportent à la composition du *Hussard sur le toit* avec les réflexions que déclenchent en lui les lectures les plus diverses. La France de la Libération s'ouvre alors aux romanciers américains. Giono est à la fois attiré et déçu par eux. Dos Passos, Hemingway, Steinbeck l'intéressent, et bien sûr Faulkner qu'il connaît depuis longtemps. Entre autres, les romans policiers retiennent son attention. Il leur reproche une « psychologie trop simpliste ». Pour lui ce sont des « livres qui se lisent d'un trait. Livres coup de poing, mais très superficiels ». En fait il avoue n'être « pas arrivé à exprimer à la fois leurs qualités indéniables et le peu que c'est [...] Quelque chose comme le marquis de Sade 1946 ». Ces détails témoignent de certaines directions où s'engage le lecteur Giono, peut-être prémonitoires, sans que le créateur qu'il est cesse cependant de rester fondamentalement classique et français. « À côté de ces romans américains, *Adolphe* de Benjamin Constant rafraîchit et délivre. C'est tout dire », écrit Giono le 11 mai et le 14, il célèbre *La Chartreuse de Parme* comme un événement cosmique.

Notons encore que le nom de Machiavel revient assez souvent, et que le programme de lecture pour l'été 1946 comporte en outre les noms de Retz et de Dante. Quant à Dostoïevski, il n'a jamais été absent de l'horizon intellectuel de Giono et en septembre 1946 celui-ci lit « l'admirable première partie de *L'Idiot* ». Enfin, songeant à préfacer le *Vathek* de Beckford, il veut « y rattacher Sade et Ubu roi ».

Luce Ricatte, « Notice » d'*Un roi sans divertissement*, Bibliothèque de la Pléiade, t. III, p. 1298-1300.

[...]

Pour l'instant il s'agit d'oublier la France et la démocratie. L'amertume est vive, la rancune tenace. L'expérience lui prouve que « les élections en république sont incapables de faire surgir le moindre génie » et « ne peuvent que distinguer les médiocres [...] ; il suffisait d'être sans illusion sur le peuple pour le prévoir ». Sans illusion sur la nature humaine en général, Giono, après une note du 21 juin 1946, écrit au crayon et sans le dater, ce dialogue, peut-être imaginaire, mais sans doute révélateur : « — Tous les hommes sont méchants et misérables / — Tous ? / — Tous / Même mon mari ? / — Même votre mari / — Même vous ? / — Même moi... »

Dès lors il va plonger ses personnages dans l'univers du mal et du crime. En 1955, quand on l'interroge sur le fossé qui semble séparer l'univers romanesque des années heureuses et celui des années sombres, il accuse le vieillissement, et l'expérience que l'âge apporte à tous : « J'avais trente ans. Mes personnages, je les voyais sortir intacts de toutes les épreuves. Les portes s'ouvraient devant eux comme par un œil électrique. Je croyais qu'on sortait intact de la vie. Maintenant j'en ai soixante et je ne le crois plus. Alors je me dis : rigolons un peu. Voyons comment ils vont s'en sortir. » Sortir du « tunnel » : la métaphore révélatrice revient souvent dans sa conversation et sous sa plume. Le romancier se venge de cette aventure absurde qu'est la vie en y jetant ses personnages.

C. LE PERSONNAGE DE SAUCISSE

Saucisse est un personnage essentiel : le seul qui reste en scène tout le long du roman, dans les trois parties, avec Langlois, et si l'on veut avec

Pierre Citron, « Sur *Un roi sans divertissement* », *Giono aujourd'hui*, Aix-en-Provence, Édisud, 1982, p. 174-175.

M. V., qui n'est que peu de temps là en chair et en os, mais qui y est constamment en forme creuse ou en fantôme, avant et après sa mort. Dans la chronologie de l'action, Saucisse est dans le village avant Langlois ; dans le texte, elle y arrive six pages après lui, alors que le procureur et Mme Tim n'apparaîtront que dans la seconde partie. Saucisse aime Langlois ; « mais ce n'était pas mon Langlois », dit-elle avec désespoir ; « est-ce qu'on respecte ceux qu'on aime ? » Ce sera pour elle un effrayant sacrifice « que de voir une autre femme près de Langlois ». C'est à elle seule, d'abord, que Langlois annonce qu'il va se marier, c'est à elle qu'il demande une femme. La conversation qu'ils ont alors, sous un masque de dialogue impassible, rude et familier est un dialogue d'amour et sur l'amour. J'épargnerai au lecteur une longue explication de texte où apparaîtrait la correspondance étroite du dit et du non-dit ; mais qu'il relise la page à cette lumière. Et en voici la preuve. Saucisse, qui est la narratrice, conclut la relation du dialogue par cette phrase qui n'a pas, je crois, retenu l'attention : « Et ce jour-là nous ne parlâmes pas plus avant, comme dit l'autre. » Phrase banale, que j'ai lue vingt fois avant d'ouvrir les yeux. Pourquoi « comme dit l'autre » ? C'est l'avertissement du stendhalien Giono aux « happy few », sa façon de dire : « Attention, je cite... » Car il s'agit du démarquage étroit (un seul mot de changé) du vers que Dante, évoquant au chant V de *L'Enfer* le cercle où sont enfermés les pécheurs de la chair *(peccatori carnali)*, met dans la bouche de Francesca da Rimini racontant le coup de foudre entre elle et Paolo Malatresta :

Quel giorno più non vi leggemmo avante.
Ce jour-là nous ne lûmes pas plus avant.

Beau trait d'humour que de mettre un vers de Dante dans la bouche de Saucisse, suivi de « comme dit l'autre ». Une confirmation, s'il en est besoin, est donnée par un carnet de Giono que cite Luce Ricatte : il relisait Dante en été 1946, juste avant la rédaction d'*Un roi sans divertissement*. Une transposition de Francesca et Paolo en Langlois et Saucisse peut paraître insensée : mais faire de Faust un camionneur dans *Faust au village* ne sera-t-il pas aussi hardi ?

D. LA VOÛTE

Quel est le privilège de la voûte ? Inévitablement, étymologie à l'appui, le fantasme maternel nous guette encore. Voûte (*volvita*) et vulve (*vulva, volva*) ont la même ascendance : volvo, envelopper. Faut-il s'y résigner ? Faut-il s'arrêter à l'image de l'ancêtre immémorial, gros bébé à l'enveloppe dermique inerme et vulnérable, rampant, parmi les effrois et les écorchures vers la béance d'une grotte, parce qu'il a reconnu on ne sait quoi en ce pertuis et ces ténèbres bienveillantes, parce qu'une réminiscence non formulable les lui désigne comme l'abri archétypal qu'il n'aurait jamais dû quitter ? J'avoue mon agacement dans ces débats nocturnes, où les symbolisations sont rendues fatales par une pétition de principe. Ce qui est sûr c'est que la voûte est semi-circulaire et trapue. C'est que son inventeur a été assez rusé pour tailler des voussoirs qui transformaient les forces verticales en poussées horizontales complémentaires. C'est qu'il a bâti une protection sans discontinuité, partout également formée de pierres, partout également invulnérable. C'est, en somme, pour parler dans le langage de Giono, qu'il a édifié la « maison armure » sans défaut. Et pourquoi ne verrait-on pas dans la courbure de

Marcel Neveux, *Jean Giono ou le Bonheur d'écrire*, Monaco, Éd. du Rocher, 1990, p. 93-94.

cette construction une autre image? Ce petit monde clos n'a-t-il pas pris pour modèle le grand monde ouvert au-dessus de nous, ouvert, ou plus exactement fermé, mais par une clôture trop lointaine pour que sa protection se fasse sentir jusqu'à nous, le « firmamentum », dont nous avons oublié qu'il était solide, ou les « moenia mundi » de Lucrèce? La voûte-microcosme est l'exemple parfait de ce que j'appelle un LIEU. Elle limite un volume pareil à l'espace et opposé à l'espace, un volume qui a la forme de l'espace, infiniment hémisphérique, et qui est le contraire de l'espace par sa finitude et sa fermeture. La voûte est la défense originaire contre l'étendue hostile.

E. LANGLOIS : UN CHRIST ATHÉE

Le fonctionnement de l'infra-texte biblique fait que Langlois prend figure de Christ et que, comme saint Luc le dit, « tout ce qui est écrit de [lui] dans la loi de Moïse [...] s'accomplit » (XXIV, 44). Il n'est pas indifférent de se rappeler que, un temps, Giono avait emprunté l'épigraphe de son livre à saint Luc : « Ils tuent le corps, après quoi ils ne peuvent rien faire de plus » (XII, 4).

    Tout naturellement, c'est aux yeux de Saucisse-Marie-Madeleine, la plus proche et la plus fidèle, que Langlois apparaît d'abord sous ce jour. Lorsqu'ils se rendent à Grenoble, raconte-t-elle : « Nous avions quatre compagnons de voyage. Et je me mis à grelotter, car, au milieu d'eux, Langlois paraissait surnaturel. » C'est le Christ des tympans entouré des quatre apôtres. Mais voici que l'image s'anamorphose : « Avec ses oreillettes rabattues, ses yeux fermés, Langlois avait tout à fait l'air de celui que l'on plante à la porte des églises pour nous inciter à faire notre *mea culpa*. »

Jean Arrouye, « Les divertissements d'Auld Reekie ou l'infra-texte gionien », *Jean Giono. Imaginaire et écriture*, Aix-en-Provence, Édisud, 1985, p. 151-152.

Auparavant, le cérémonial de la mise à mort du loup, dirigé par Langlois, initiant en quelque sorte les villageois, avait été décrit d'une façon qui, confusément mais indéniablement, évoquait la Pentecôte. C'est que Frédéric II qui raconte est moins perspicace que Saucisse, ou plutôt que l'infra-texte veut que Marie-Madeleine, à qui le Christ s'est montré d'abord après sa résurrection, ait la primeur des révélations : « Rien ne fait de bruit, sauf les torches ; un bruit d'ailes, une sorte de va-et-vient d'oiseaux au-dessus de nos têtes, des colombes qui cherchent à se poser, on dirait [...]. » Conformément à une correspondance typologique tout à fait orthodoxe, et d'une façon qui montre que tout cela, chez Giono, est très concerté, cette évocation de la Pentecôte se redouble de celle de la colombe de l'Ancien Testament : « les messagères d'une arche de Noé bien plus populeuse que la première, et qui cherche un Ararat quelconque [...] ». Quand Langlois apparaît, « de ses bras étendus en croix et qu'il agite lentement de haut en bas comme ailes qu'il essaye, il [...] fait signe [...]. » Puis « la lumière monte », et les affleurements scripturaires se font plus sensibles :

« " Paix ! " dit Langlois. Et il resta devant nous, bras étendus.

« Oh ! Paix ! Pendant que recommence à voltiger le va-et-vient des torches-colombes. »

Même sans ces indices clairs, le parallèle entre Langlois et le Christ eût été sensible. Luce Ricatte a souligné que « Langlois appartient à la lignée des " protecteurs " chargés de prendre en charge le destin des autres », à quoi il faut ajouter que Giono l'appelle dans ses carnets « Langlois, dit charge d'âme ». Mais, de plus, Langlois, essayant de comprendre M. V. et les motifs de ses actes, déclare au curé du village, avant la messe de minuit : « Ce n'est peut-être pas un monstre », et après la messe, à Saucisse, réaffirme : « Ce n'est pas un monstre, c'est un homme comme les autres. » De telle sorte que lorsqu'il finit par s'identifier avec M. V., on peut dire que Langlois, comme le Christ, se fait homme. Ce que Saucisse corrobore : « C'est un homme comme les autres. » Mais ici commence le *porte-à-faux* qui renverse le sens, car se faisant homme il se fait en même temps messie du mal, et l'humanité de ce roi est ce qui le fera périr, à la différence de ce qui s'était passé pour l'Autre qui s'était fait homme et n'a été mis à mort que pour s'être dit roi des Juifs.

Ce Christ ne croit pas à l'action de l'Esprit saint :

« Car, disait-il, rien ne se fait par l'opération du Saint-Esprit. Si les gens disparaissent, c'est que quelqu'un les fait disparaître. S'il les fait disparaître, c'est qu'il y a une raison pour qu'il les fasse disparaître. *Il semble qu'il n'y a pas de raison pour nous, mais il y a une raison pour lui, [...] nous devons pouvoir la comprendre. Je ne crois pas, moi, qu'un homme puisse être différent des autres hommes au point d'avoir des raisons totalement incompréhensibles. Il n'y a pas d'étrangers. Il n'y a pas d'étrangers ; comprends-tu ça, ma vieille ?* »

L'on voit ici apparaître fugitivement un autre infra-texte : tandis que Camus prétendait écrire le roman d'un saint laïque, Giono rédige la chronique d'un Christ athée.

Comme le Christ Langlois éprouve par trois fois le reniement des siens, sous la forme de la triple trahison de Saucisse, de Mme Tim et du procureur qui se tiennent « à distance respectueuse » ou plutôt, corrige Saucisse, « à distance égoïste ». Comme le Christ, mais pas n'importe lequel, celui des *Chimères* de Nerval, celui des *Destinées* de Vigny, il connaît la solitude à la veille de mourir. Son jardin des oliviers est le labyrinthe « au fond du jardin ». Symbole approprié, une fois de plus, à l'inversion des signes de l'infra-texte car le labyrinthe c'est, par finalité, un lieu de perdition. Et symbole redoublé car il est fait de « petits chemins enchevêtrés dans de grands buis », ainsi que dit Saucisse qui « n'aime pas beaucoup » la chose ; or le buis, comme *Faust au village* l'établit sans conteste, est un arbuste infernal : au royaume de Diable le père, hiérarchie oblige, au lieu de chemins, « il y a des avenues de buis et de genévriers qui vont au diable. C'est vert sombre ».

F. LA LETTRE DU TEXTE

Avant toute parole, description ou narration, avant la scierie de Frédéric sur la route d'Avers, il y a la lettre par quoi tout commence, celle d'Auld Reekie, mélancolique et mystérieuse. C'est la plainte d'un prisonnier qui souffre et réclame un divertissement musical *(la cornemuse et toutes les autres petites pièces qui en dépendent)* adapté à sa pénible situation... Allusion aux récents emprisonnements de l'auteur ? Préfiguration avant la lettre des sèmes centraux de l'ouvrage que sont l'incarcération et le divertissement ? Traces du vaste cycle des opéras bouffes dont *Un roi* aurait pu constituer le premier temps ? Oui et plus encore : car dans sa formule inachevée, la lettre d'Auld Reekie présente un condensé des significations du livre ; les thèmes essentiels apparaissent certainement, mais en transparence une métaphore de la lecture-construction (« je les arrangerais moi-même ») sans laquelle le livre est « impossible » et dans son prolongement une information dont nous ne connaîtrons que plus tard l'importance : l'épigraphe, extraite d'une lettre — adressée à qui ? — impose au texte à venir un signifiant de choix, *la lettre* et toutes les homophonies qui en dépendent. La chronique

André Targe, « Tu imagines Chichilianne... », *Silex*, n° 1, Grenoble, 1976, p. 78.

ne sera plus seulement l'agrandissement des signifiés de l'épigraphe, mais elle deviendra correspondance, vaste lettre-échange entre auteur et lecteur, indice, (ou icône), d'un sens perdu ou effacé.

Et de fait la fiction recèle d'autres lettres, souvent liées, du creux de leurs homophonies, à la mort dont elles scandent à chaque épisode le retour. « Lettre de démission » que Langlois s'apprêtait à expédier, après l'assassinat de Dorothée et la disparition de Frédéric, qu'il complétera d'ailleurs, après avoir donné ses ordres, et que ses hommes les aient, « à la lettre », exécutés (p. 86). Lettres aussi dont l'intrigue policière en son début, nous marque la curieuse occultation : lorsque la flèche du clocher disparaît dans la brume (et le retour de l'hiver, de la brume, c'est toujours on l'aura noté, le signal des meurtres ou des disparitions), elle est coupée (p. 24) « à la hauteur des lettres de la girouette », soustraite au monde des êtres comme M. V., quelques lignes auparavant « dont les traces se perdaient, à la lettre [...] dans ces nuages qui couvraient la montagne ».

Liée au meurtre ou à l'exécution — voir par exemple les relations ÉPISTOLAIRES que Langlois entretient avec ses victimes —, la lettre s'offre à nous dès les premières lignes mais pour se dérober mieux et nous rappeler sa fonction : car cette lettre, celle du texte, faite de littérature et de ratures, d'encre et de papier, écran-obstacle du référent, écrin de la signification, cherchait à prévenir le lecteur trop pressé. Une fois gommée, absence ou souffrance éparpillée dans l'écrit, la lettre promet le sens et décide de la recherche. Un trésor est caché dessous.

> ... *Si vous prétendez lutter seul, le dénouement m'est connu d'avance : la lettre vous tuera.*
>
> G. Bernanos, *Un crime.*

VI. *UN ROI SANS DIVERTISSEMENT AU CINÉMA*

Le film est sorti le 30 août 1963. Le scénario et les dialogues ont été écrits par Giono. Réalisateur : François Leterrier. Chef-opérateur : Jean Badal. Musique : Maurice Jarre. Interprètes : Claude Giraud (Langlois). Giono avait d'abord pensé à Pierre Fresnay, puis à Laurent Terzieff. Colette Renard (Clara et non plus Saucisse). Charles Vanel (le procureur). Michel Simon avait été pressenti mais refusa le rôle parce que le scénario prévoyait la décapitation d'une oie. Pierre Repp (Ravanel). Albert Rémy (le maire). René Blancard (le curé). Le film a reçu le Grand Prix du cinéma français en 1963.

L'identité, l'âge des acteurs, de même que le lieu de tournage, les Hermeaux, petit village de l'Aubrac, montrent bien que Giono a procédé à des transpositions de son roman. Par ailleurs, le scénario du film et les dialogues explicitent aussi bien souvent ce qui restait énigmatique dans le livre. Pour prendre toute la mesure de ces transpositions il faut se reporter aux travaux de Jacques Mény (voir Bibliographie, p. 199).

On trouvera ici la fin d'un synopsis manuscrit — non daté, mais, selon J. Mény, sans doute antérieur au scénario définitif (publié, lui, dans Pléiade III, p. 1341-1396) et qui reste encore très proche du roman —, puis les dernières pages d'un texte paru dans *Le Dauphiné libéré* du 2 mars 1969 (donc bien après la sortie du film) qui résume très exactement le film sous forme d'une chronique : « Un loup qui s'ennuie ».

Un autre volet de ce dossier est consacré au travail de Giono et des techniciens (Jean Badal) sur la couleur, qui est l'un des aspects les plus intéressants de ce passage du livre au film.

Le dernier document porte sur la complainte du générique.

A. ÉVOLUTION DE L'INTRIGUE

1. SYNOPSIS D'*UN ROI SANS DIVERTISSEMENT*

Au retour de cette visite à la veuve de l'assassin, Langlois passe près d'une carrière où l'on fait sauter des blocs de pierre. On l'arrête en sonnant de la corne. La mine explose. Il parle avec les carriers. Il y a là une caisse de dynamite. Il en prend un bâton. En arrivant chez lui, il compare le bâton de dynamite et le cigare que lui a offert l'assassin. Les deux objets sont presque identiques. Il les met tous les deux dans une même boîte.

Bulletin, 1985, n° 23, p. 55-56.

Langlois cherche à se distraire chez la châtelaine. Son âme altière ne le lui permet pas. Il traque un loup dans une grande chasse à laquelle participe tout le village. Il tue le loup dans des circonstances qui lui rappellent la justice qu'il a distribuée. Il a l'impression d'intervenir dans un ordre de choses établi. Il est lui-même un loup ; tout ce qu'il peut dire pour sa défense c'est qu'il est un loup supérieur. Mais cette supériorité est factice et octroyée par la coutume, qui est la loi des hommes, et non la loi naturelle.

Pour Saucisse, qui est sans métaphysique, et qui connaît l'homme, la chose est plus simple : Langlois s'ennuie. Elle ne connaît qu'un dérivatif, une distraction supérieure : la femme (d'où peut naître l'amour, et sinon, l'amour physique).

Mais Langlois sait déjà que l'amour finit par ne plus divertir. Conversation avec Saucisse. Langlois veut bien essayer. Saucisse est fine : cette acceptation lui fait comprendre toute l'étendue du danger que court Langlois. Elle cherche une femme « savante », la trouve, la donne à Langlois qui la prend.

— Mais donne tes pistolets, dit Saucisse. Cela effraye les femmes. Mets toutes les chances de ton côté.

La distraction n'est manifestement pas suffisante. Jours d'hiver, village de nouveau cerné par la neige et la brume. Langlois fait sa dernière expérience. Il va dans une petite maison isolée où vivent deux femmes seules. Il entre, il les regarde vivre. La plus jeune a un cou très blanc, très fragile. Langlois se laisse prendre par la tentation. Il demande qu'on lui tue une oie. Une oie très blanche également. On la saigne, Langlois regarde le sang sur la neige et s'enfuit. Il rentre chez lui, prend le cigare de l'assassin et va fumer dehors.

Saucisse et la femme « savante » le regardent de la fenêtre.

— Ce cigare pétille drôlement, dit Saucisse.

Mais on voit que le cigare est resté sur la table. Explosion.

2. « UN LOUP QUI S'ENNUIE »

[...] la messe est dite sans incident. Clara à l'auberge a préparé un petit réveillon qu'elle entend partager paisiblement avec Langlois. Il est allé, lui, néanmoins, accompagner le troupeau des fidèles ; deux précautions valent mieux qu'une.
Quand il rentre à l'auberge, il trouve la table mise. Clara a cherché à l'embellir, à en faire une table de fête en l'ornant de la vaisselle qui lui reste de son ancienne splendeur, et notamment d'un admirable surtout de verre bleu, haut de presque un demi-mètre, qu'elle a placé trônant au milieu de la table.

« Un loup qui s'ennuie », *Le Dauphiné libéré*, 2 mars 1969. Repris dans *Jean Giono et le cinéma*, Paris, Ramsay, coll. « Poche-Cinéma », 1990 (p. 182-187) et dans *Bulletin*, n° 9, 1977 (p. 71-76).

Ce splendide objet étonne et finalement inquiète Langlois. Il a l'impression d'une chose déjà vue, d'un signe qui réapparaît, d'un signe dont il faut tenir compte.

C'est quelques jours après qu'il en a seulement l'explication. La neige tombe, le ciel est bas, le brouillard traîne. Langlois a demandé à Clara de laisser le surtout posé, tout seul sur une table de marbre du café. Et il le regarde, attendant la révélation.

Dans la coupe qui termine en haut le surtout, Clara a mis une grive qu'on vient de lui donner. Langlois prend l'oiseau mort dans sa main, Langlois tient la grive par le bec. Elle pend à son doigt, morte, semblable à ces femmes grises empaquetées de châles qui habitent le village, semblable peut-être à celle qui a été enlevée.

La porte du café s'ouvre : c'est une jeune fille, une voisine, qui vient emprunter à Clara un ustensile ménager. Elle s'avance vers Langlois, tout à fait semblable à la grive qu'il tient à la main. Il y a identité complète entre l'oiseau et la jeune fille qui, avec l'ustensile qu'elle venait chercher, sort dans ce qu'on voit, dehors, être le brouillard le plus épais.

Alors tous ces objets prennent leur signification et immédiatement la plus dramatique. Interprétant les signes, maintenant manifestes, jusqu'au bout, Langlois mime, avec la grive pendue à son doigt et qu'il fait marcher sur le marbre de la table, la scène qui doit se passer dehors avec la jeune fille. Jusqu'au bout en effet, car, au lieu de courir au secours de celle qui va être sûrement une victime, il serre le cou de la grive dans ses doigts.

La porte s'ouvre : c'est la mère de la jeune fille qui, ne l'ayant pas vue revenir, s'inquiète. Clara se précipite. Langlois a l'air d'être pris sur le fait. Dehors les femmes crient : elles viennent de trouver dans la neige l'ustensile de cuisine que la petite était venue chercher. Elle a été enlevée. « Vite ! » crie-t-on à Langlois. Mais il semble qu'il soit entré déjà dans un monde particulier. « Je sais où elle est », dit-il. Et il replace la grive dans le haut du surtout.

L'architecture du verre lui a rappelé l'architecture de l'arbre : le fameux fayard marqué de rouge par les forestiers. C'est vers lui qu'il va seul. Comme il arrive, il voit descendre de l'arbre un homme qui d'ailleurs ne se presse pas, car cet assassin se distrait simplement dans son crime et tout dans le crime lui sert de distraction, même le châtiment.

Langlois monte dans l'arbre et trouve en effet, près du sommet, une sorte de nid de feuillages et de branches où sont rangés côte à côte les corps de la première disparue et de celle qui vient de disparaître. Langlois, descendant rapidement de l'arbre, se jette à la poursuite de l'assassin, mais celui-ci a l'air de l'attendre et de vouloir l'entraîner. Langlois joue le jeu et, au lieu d'une poursuite acharnée, c'est une promenade acharnée des deux hommes, l'un à cent mètres derrière l'autre, au pas. L'assassin tirant ainsi après lui son justicier même, Langlois, jusqu'au bourg et jusqu'à la maison bourgeoise qu'il habite. Il en fait partir sa femme et sa petite-fille ; enfin il s'y confronte avec ce capitaine de gendarmerie qui est, de par sa position dans la société, « de l'autre côté de la barricade ».

Dans cette confrontation très brève et de peu de mots, Langlois cherche surtout à se convaincre qu'il a en face de lui un homme comme les autres, avec famille, ancêtres, chez-soi douillet, et non pas un monstre. Il faut donc que ce qui le fait agir en tant qu'assassin soit la chose la plus naturelle du monde.

Et c'est la chose la plus naturelle du monde puisque Langlois, après avoir par pitié tué l'assassin de deux coups de pistolet (comme le loup), au lieu de le livrer aux gendarmes, éprouve en lui-même la diabolique tentation du sang et du meurtre. Il donne sa démission, il rompt une dernière conversation avec l'«amateur d'âmes», effrayé de cette face qu'il voudrait bien retenir de ce côté-ci des « bons usages des sombres désirs », et il va dans le village, sous le brouillard comme y allait l'assassin. Il est tenté, il résiste, il est fier de sa résistance, il se croit sauvé, il retourne au café (après avoir poussé l'expérience jusqu'à contempler le sang d'une oie dans la neige), mais là le rappel de la tache de sang qu'il voit dans une flaque de sirop de grenadine sur une table de marbre lui fait comprendre la vanité de sa résistance aux appels les plus mystérieux de la condition humaine et, après s'être convaincu par une dernière expérience naïve et désespérée qu'il porte en lui-même les turpitudes qu'il a jusqu'ici condamnées chez les autres, il sort du café et il se suicide devant la porte en se tirant un coup de pistolet dans la tête.

B. LA COULEUR

1. « UN VÉRITABLE SUSPENSE DE LA COULEUR »

Giono crée un véritable suspense de la couleur. Il interdit l'apparition de toute couleur vive et insiste pour que soit réduite l'intensité de celles dont il tolère l'emploi. Le film s'ouvre par une *tourmente de neige en plein écran, mélange de noir et de blanc pur en mouvement. Jusqu'à l'apparition du petit groom*, ajoute Giono *on pourrait croire que le film est en noir et blanc, n'étaient quelques touches extrêmement délicates d'un violet dans le ciel noir*. Langlois porte un manteau « bleu marine presque noir ». « Entre le blanc de la neige et le noir du ciel bas, le seul compromis possible c'est

Jacques Mény, *Jean Giono et le cinéma*, *op. cit.*, p. 202.

le gris, couleur de l'atonie spirituelle, de l'ennui, et c'est justement cette couleur que portent obligatoirement tous les paysans lors de la battue. À cette occasion, même le joli petit groom, "théâtre" personnel du procureur, divertissement à gages, est habillé de gris : c'est que, ce jour-là, la distraction provient d'une autre source » (A. J. Clayton).

Giono procède par soustraction. Un roi *sans* divertissement est un homme privé de couleurs. Tout doit concourir à communiquer au spectateur, en le privant de couleurs vives, le vide qui appelle le rouge du sang. En 1966, Giono écrit à propos des peintures de C.-F. Brun, *Le Déserteur*, offertes aux montagnards du Valais pris dans la neige et la brume : « Comme il est bon par ces temps noirs d'être en compagnie de ces couleurs préparées sur la planche. »

Le scénario orchestre savamment les apparitions du rouge. Il ne doit être utilisé que dans trois scènes : quand le maire désigne la tache rouge qui marque l'emplacement de l'arbre qui se révélera la cache des cadavres, quand l'oie saigne sur la neige, quand la grenadine sera répandue sur la table de Clara. Le sang sur la neige, motif capital du livre, se détache avec régularité dans chaque grande partie du roman. Langlois devient le double de l'assassin dès l'instant où le rouge opère la même fonction divertissante sur lui-même que sur l'assassin. Le scénario insiste davantage que le livre sur ce processus. Le film est l'occasion pour Giono d'insister sur ce motif du sang, rouge sur blanc, et de le développer en terme de spectacle.

2. JOURNAL DE GIONO PENDANT LE TOURNAGE

Lundi 11 février 1963

« Je vais à Marvejols voir les rushes. Catastrophe ! Je suis atterré ! Les couleurs sont abomi-

Cité par Jacques Mény, *op. cit.*, p. 203-204.

nables. En réalité, elles sont belles. Or je ne les veux pas belles, je les veux dramatiques. J'entends qu'elles jouent leur rôle. Si j'ai choisi la page blanche de la neige, c'est pour pouvoir y inscrire la couleur que je veux au moment où il me paraîtra nécessaire de l'y inscrire. Or me voilà avec une abondance d'or, de bleus, de bruns, de verts, au milieu de laquelle mes intentions sont perdues. Badal s'efforce de me rassurer. C'est paraît-il une question de technique. Le mot me terrifie, je suis sur le point de décider qu'on tournera le film en noir et blanc. Ma terreur gagna tout le monde. Mauvaise journée. »

Mardi 12 février 1963

« Et me voilà, moi, avec mon problème de couleur qui ne peut pas attendre. Badal avec une grande patience (que j'apprécie) me dit encore une fois que la technique va arranger ça. Je lui réponds avec également une grande patience que confier une idée poétique à la technique me paraît une absurdité. »

Mercredi 13 février 1963

« Le laboratoire croit nous faire plaisir en tirant des couleurs très contrastées (alors que je les veux à peine pastel). Ils sont loin d'imaginer que nous voulons faire un film en couleurs *sans couleur.* »

Samedi 16 février 1963

« *Nous voulons de la neige blanche et l'élimination de tous les rouges.* »

Dimanche 17 février 1963

« Agréable surprise : sans être parfaites, loin de là, les couleurs sont bonnes. On a réussi à faire de la neige blanche et des visages naturels ;

le crépi des murs n'est pas vert, les vitres ne sont plus azur, tout a l'air de tendre vers une harmonie en sourdine assez proche de ce que j'avais imaginé. Reste de la journée consacré à chercher encore à atténuer avec des filtres. Certes, on est très loin de la rectitude réclamée par le scénario, mais si on continue dans la voie que nous suivons maintenant (au laboratoire) on va finir par arriver dans des tonalités où le *drame sera plausible.* »

3. ROUGE, BLANC, GRIS

Jean Badal, directeur de la photographie du film, évoque ainsi le travail qu'il a dû effectuer sur l'image pour obtenir les couleurs que souhaitait Giono :

In Jacques Mény, *op. cit.*, p. 204-207.

L'idée de Giono dans le scénario, c'était le sang, la couleur du sang. Pour arriver au rouge, pour que le rouge prenne toute l'importance que Giono voulait lui donner, il fallait procéder par élimination. Si on veut voir du rouge, il ne faut ni brun ni orange à côté de ce rouge. Giono m'a dit son projet pour l'image : du blanc et du rouge.

Lorsque Giono et moi, nous sommes rencontrés pour la première fois, nous avons très peu parlé. Il attachait beaucoup d'importance à ce rapport du blanc et du rouge. Nous n'avons parlé que de ce concept. J'ai pu imposer l'idée que tous les extérieurs du film seraient tournés sans soleil. J'ai obtenu de la production que, chaque fois que le soleil se montrerait, nous passions en intérieur pour tourner.

Tous les extérieurs du film ont été tournés par temps couvert. Pour éviter le ciel bien bleu, la lumière chaude du soleil sur la neige, enfin l'ambiance sport d'hiver. Nous voulions obtenir et réaliser cette dramaturgie des couleurs comme Giono l'avait écrit et demandé.

Avant le tournage, avec Giono, nous avions donc eu une conversation de principe. Nous avons fixé les dogmes. Nous n'avons pas parlé de détails. Il voulait que le seul rouge du film soit celui du sang. Il ne pouvait pas m'expliquer par quels moyens techniques y arriver. Ce n'était pas son métier. C'est à moi que revenait de trouver comment je pouvais — techniquement — dans l'image donner toute son importance au rouge, qu'il s'agisse de la cape du groom du procureur, du sang de l'oie décapitée sur la neige ou du sang de Langlois après son suicide. J'ai travaillé par soustraction en éliminant les couleurs une à une. J'ai travaillé dans les demi-teintes en ne conservant que le noir, le gris, le blanc, le bleu, le bleu-gris.

À cette époque, peu de films en couleurs se tournaient. Nous n'avions pas encore les moyens ni la technicité suffisants pour dominer le rendement couleur des pellicules. Il m'a fallu beaucoup de travail pour trouver un moyen de maîtriser une pellicule qui donnait beaucoup de brillant, une pellicule multicolore qui faisait la fierté de son fabricant pour l'éclatante juxtaposition des rouges, des jaunes, des orange qu'elle permettait.

Exemple : nous avons eu beaucoup de difficultés pour trouver un village aux couleurs grises. Dans cette région de l'Aubrac, les pierres sont rouges. J'avais ce problème. J'ai fait repeindre beaucoup de choses en intérieur comme en extérieur. En extérieur, nous avons sali les pierres avec la neige, la terre pour enlever ce rouge, qui était la couleur du village. Pour le café de Clara, nous avons pris des peintures grises et nous avons repeint toutes les boiseries, les chaises pour éliminer les couleurs chaudes du bois et de la paille.

Mon problème était encore d'obtenir ces gris dans les forêts de sapins où tout est vert. Par les cadrages, il fallait éliminer les verts des sapins, les restes de feuillage roux de l'automne... Dans ce film, il n'y a pas un vert. Je suis allé très loin dans ce sens. Au départ, quand j'ai lu le sujet, je voulais faire un film bichrome. L'image couleur s'obtient à partir du mélange de trois bases colorées. Je voulais arriver à éliminer une de ces bases. Je n'ai pas réussi. La pellicule ne le permettait pas. Je n'avais ni le temps ni les moyens pour pousser très loin une recherche technique. J'ai alors baissé le contraste sur la pellicule, photographiquement pendant le tournage, puis au laboratoire au moment du développement du négatif et du tirage du positif. J'ai fait également très attention à l'orientation des sources de lumière. Je disposais de très peu de moyens d'éclairage, mais je devais éviter les brillances et surveiller l'incidence de la lumière sur les décors et les objets. Cette incidence de la lumière peut donner des reflets colorés imprévus.

Autre difficulté pour moi : la couleur de la peau, des visages. Nous avons accepté cette convention dans le cinéma en couleurs : la couleur des visages n'est jamais la couleur réelle de la chair humaine. Nous avons beaucoup de difficultés à traiter, en couleur, la peau...

Dans *Un roi,* nous tournions souvent par des températures inférieures à zéro degré. Les visages deviennent rouges par le froid. J'ai badigeonné les visages des acteurs avec des poudres et des pommades vert clair. On me prenait pour un fou. Il fallait que j'élimine absolument ce rouge des visages provoqué par le froid.

Avant tout, il me fallait être fidèle à la conception de Giono : du blanc, du gris et le rouge pour le sang uniquement. Il avait une vision de son sujet. J'avais ce sujet devant moi. Giono m'a posé ce problème : filmer le sujet qu'il avait écrit en fonction du rapport dramatique des couleurs. C'était la base du film. C'est très rare pour un technicien, dans le cinéma, d'avoir une conception aussi forte à interpréter et à restituer sur l'écran. Il s'agissait d'exprimer visuellement des sentiments.

C. LA COMPLAINTE DU GÉNÉRIQUE

Une dernière contrariété, pour l'auteur, devait apparaître en juin 1963, pendant le montage. Il avait été envisagé dès le premier traitement du scénario, que le film devait s'ouvrir sur l'arrivée de Langlois dans la neige, accompagné d'une complainte. Admirateur de Georges Brassens, Giono souhaitait qu'il en soit l'auteur et l'interprète. Brassens se désista au dernier moment, pour « raison de santé ». Andrée Debar se retourne alors vers Jacques Brel, mais Giono, « navré » de la défection de Brassens, écrit à la productrice : « Brel, ce n'est pas la même chose. Avec Brassens, j'étais sûr d'avoir une complainte mi-populaire, mi-goguenarde. Avec Brel, j'ai peur que ce soit un peu constipé [...]. Dites bien à Brel — et ça servira précisément pour la fin — qu'il faut que sa complainte soit goguenarde, qu'elle ne se prenne pas trop au sérieux. »

La complainte de Brel ne sera pas « goguenarde » mais d'une gravité sourde, d'une telle intelligence du thème ennui-divertissement qu'elle pourrait être signée de Giono lui-même. Giono souhaitait que la complainte nuance la couleur exclusivement tragique du film et retrouve sans doute le ton des paysans-narrateurs de la *Chronique* de 1946. Courant 1962, il s'était essayé lui-même dans un *Carnet* à esquisser quatre couplets sur le modèle de la complainte de Fualdès qu'il aimait beaucoup, une complainte qui nous aurait conduits à voir le film comme une de ces planches de l'imagerie populaire du XIXᵉ siècle qui racontaient crimes et faits divers.

Jacques Mény, « De l'écrit à l'écran », *Bulletin*, n° 38, 1992, p. 84-85.

Le texte de Giono (si différent de celui de Brel) est la dernière (mais extrêmement précieuse) piste que les manuscrits ouvrent pour nous aider à comprendre comment l'auteur voyait son sujet et son personnage au moment de les faire passer de l'écrit à l'écran.

Le plus cruel de l'histoire
C'est que l'assassin n'a pas
Assez effacé ses pas.
On va raconter l'histoire
De plusieurs crimes sans nom.
Si on veut aller au fond
De ces horreurs accessoires
On s'aperçoit que tout ça
C'est des crimes de pacha.

La plupart des gens en France
Qui ont tout pour être heureux
Sacrifieraient le bon dieu
Pour un peu de pétulance
Dès qu'un brave type s'ennuie
Il est prêt pour Biribi.

Celui qui le poursuivra
Y sera fait comme un rat.
(Variante :
Ce pauvre bougre de Langlois
A été fait comme un rat.)

Et voilà, messieurs, mesdames,
Ce qui vous arrive quand
On compte trop sur les goûts
Que se donne une belle âme.
L'assassin qu'on porte en soi
Vous mettra vite aux abois.

VII. BIBLIOGRAPHIE

I. ŒUVRES DE GIONO

Œuvres romanesques complètes, Bibliothèque de la Pléiade, t. I à VI. Sous la direction de Robert Ricatte. Collaborateurs : Pierre Citron, Henri Godard, Lucien et Jeanine Miallet.

Récits et Essais, Bibliothèque de la Pléiade (t. I, 1989 ; t. II, 1995). Sous la direction de Pierre Citron. Collaborateurs : Jacques Chabot, Laurent Fourcaut, Henri Godard, Violaine de Montmollin, André-Alain Morello, Mireille Sacotte.

Jean Giono a également publié plusieurs pièces de théâtre, de très nombreux articles dans des journaux, des préfaces (se reporter aux bibliographies indiquées ci-dessous).

Entretiens avec Jean et Taos Amrouche, Paris, Gallimard, 1990 (programmés par la Radiodiffusion française en 1953).

II. ÉTUDES SUR GIONO

1. BIBLIOGRAPHIES

Anne et Didier Machu, Robert Ricatte, *Œuvres romanesques complètes de Giono*, VI, p. 1191-1221.

Pierre Citron, « État présent des études sur Giono », *L'Information littéraire*, mai-juin 1984, p. 105-114.

Chaque numéro du *Bulletin* de l'Association des Amis de Jean Giono comporte une liste d'ouvrages récemment édités.

2. BIOGRAPHIES

Pierre Citron, *Giono (1895-1970)*, Paris, Seuil, 1990.

Luce et Robert Ricatte, « Chronologie », *Œuvres romanesques complètes*, Bibliothèque de la Pléiade, t. I (éd. 1982), p. LV à CXVII.

3. OUVRAGES GÉNÉRAUX

Jacques Chabot, *L'Imagionaire*, Actes Sud, Arles, 1990. — *Noé de Giono ou le Bateau-Livre*, Paris, PUF, 1990. — *Giono. L'humeur belle*, Aix-en-Provence, Université de Provence, 1992.

Claudine Chonez, *Giono par lui-même*, Paris, Seuil, Écrivains de toujours, 1956, éd. revue 1973.

Marcel Neveux, *Jean Giono ou le Bonheur d'écrire*, Monaco, Éd. du Rocher, 1990.

4. COLLOQUES

Giono aujourd'hui, Aix-en-Provence, Édisud, 1982 (colloque d'Aix-en-Provence du 10 au 13 juin 1981).

Jean Giono. Imaginaire et écriture, Aix-en-Provence, Édisud, 1985 (colloque de Talloires du 4 au 8 juin 1984).

Les Styles de Giono, Lille, Roman 20-50, 1990 (colloque d'Aix-en-Provence du 7 au 10 juin 1989).

5. REVUES CONSACRÉES À GIONO

Bulletin de l'Association des Amis de Jean Giono, Manosque, depuis 1973, n° 1 à 41. Dirigée par Henri Fluchère puis Jacques Chabot.

Cahiers Giono, depuis 1981, n° 1 à 4, Paris, Gallimard.

La Revue des lettres modernes, Jean Giono, Paris, Minard, depuis 1974, n° 1 à 5, dirigée par Alan Clayton puis Laurent Fourcaut (n° 6 à paraître).

Certaines revues ont fait paraître des numéros spéciaux sur Giono :

Nouvelle Revue française, février 1971.

Sud, n° 7, 1972.

Revue des sciences humaines, 1978 (réimpr. 1983).
Études littéraires, Presses de l'Université de Laval, Québec, 1982.
L'Arc, n° 100, 1986.
Obliques, janvier 1993.

III. ÉTUDES SUR *UN ROI SANS DIVERTISSEMENT*

1. OUVRAGES ET THÈSES

Bo Ok An, *La Structuration de l'espace dans trois chroniques roma-nesques*, thèse soutenue à Paris III, 1992 (dactylographiée).

Philippe Arnaud, *Pour une rhétorique du récit. Essai sur « Un roi sans divertissement »*, thèse soutenue à Aix-en-Provence, 1985 (dactylo-graphiée).

Joël Dubosclard, *Un roi sans divertissement*, Hatier, Profil Littérature, n° 105, 1986.

Geeyeon Song, *Narrateurs et techniques narratives dans les « Chro-niques romanesques »*, thèse soutenue à Paris III, 1992 (dactylogra-phiée).

2. PRINCIPAUX ARTICLES SUR *UN ROI SANS DIVERTISSEMENT*

Philippe Arnaud, « Le lecteur apprivoisé. Narrateurs et narrataires dans *Un roi* », *Bulletin*, n° 23, p. 97-111.

Jean Arrouye, « Les divertissements d'Auld Reekie ou l'infra-texte gio-nien », *Jean Giono. Imaginaire et écriture*, Aix-en-Provence, Édisud, 1985, p. 141-154.

Jeanne Bem, « Violence et écriture dans *Un roi* », *Littérature*, n° 32, 1978.

Béatrice Bonhomme, « L'univers du bas comme remède à l'ennui », *Bulletin*, n° 27, p. 74-89.

Pierre Citron, « Sur *Un roi sans divertissement* », *Giono aujourd'hui*, p. 172-181.

Denis Labouret, « Le dialogue intérieur. Sur l'invention narrative dans les *Chroniques romanesques* », Jean Giono, *l'Arc* n° 100, p. 51-57.

Anne et Didier Machu, « *Un roi sans divertissement* ou les méfaits du tabac », *La Revue des lettres modernes*, Jean Giono, n° 3, p. 37-65.

Marcel Neveux, « Giono-Gygès », *Giono : lecture plurielle. Études littéraires*, Presses de l'Université de Laval, décembre 1982, n° 3, p. 397-417.

Jean-Pierre Pery, « De la régression regrettable à la transgression immobile » (Sur *Un roi sans divertissement* et *Le Déserteur*), *La Revue des lettres modernes*, Jean Giono, n° 3, p. 11-35.

Jean Pierrot, « La cruauté dans l'œuvre de Jean Giono », *Giono aujourd'hui*, p. 203-216.

Luce Ricatte, « Notice » d'*Un roi sans divertissement*, Bibliothèque de la Pléiade, t. III, p. 1295-1325.

Robert Ricatte, « Le genre de la chronique », introduction aux *Chroniques romanesques*, Bibliothèque de la Pléiade, t. III, p. 1279-1295.

Suzanne Roth, « Calmar ou gigot : mystère et mystification chez Giono », *Jean Giono. Imaginaire et écriture*, p. 97-107.

André Targe, « Tu imagines Chichilianne », *Silex*, n° 1, Grenoble, 1976, p. 77-96.

Bruno Viard, « Ennui, sadisme et sentiment d'humanité chez Giono. *Un roi sans divertissement* », *Revue de psychologie de la motivation*, 1991, n° 11, p. 91-98.

3. ARTICLES PORTANT SUR LE FILM *UN ROI SANS DIVERTISSEMENT*

Bulletin, n° 11 : comporte le journal de tournage d'*Un roi sans divertissement*, de Jean Giono.

Bulletin, n° 23 : « Synopsis d'*Un roi sans divertissement* ; le scénario de 1962 a été publié dans la Bibliothèque de la Pléiade, t. III, p. 1341-1396.

Bulletin, n°s 37 et 38 : Jacques Mény, « *Un roi sans divertissement* : de l'écrit à l'écran », n° 37, p. 44-75 ; n° 38, p. 41-88.

IV. FILMOGRAPHIE

Jacques Mény, *Jean Giono et le cinéma*, Paris, Jean-Claude Simoën, 1978. Repris en édition augmentée en 1990 aux éditions Ramsay, Poche-Cinéma. — *Œuvres cinématographiques de Giono* (scénario de la période 1938-1958), Cahiers du Cinéma-Gallimard, 1980.

V. ICONOGRAPHIE

Jacques Chabot, *La Provence de Giono*, Aix-en-Provence, Édisud, 1980.
Henri Godard, *Album Giono* de la Bibliothèque de la Pléiade, 1980.

TABLE

ESSAI

DOSSIER

DANS LA MÊME COLLECTION

À PARAÎTRE

Composition Traitext
Impression B.C.I.
à Saint-Amand (Cher), le 4 janvier 1995
Dépôt légal : janvier 1995
Numéro d'imprimeur : 1/034.
ISBN 2-07-038667-8. Imprimé en France.